LA VIE SUSPENDUE

DU MÊME AUTEUR

La Corde au cou, roman, C.L.F., 1960

Délivrez-nous du mal, roman, Stanké, 10/10, 1961

Blues pour un homme averti, théâtre, Parti pris, 1964

Éthel et le terroriste, roman, Stanké, 10/10, 1964

Et puis tout est silence, roman, Quinze, 1965

Pleure pas Germaine, roman, Typo, 1965

Les Artisans créateurs, essai, Lidec, 1967

Les Cœurs empaillés, nouvelles, Guérin littérature, 1967

Rimbaud, mon beau salaud, roman, Éditions du Jour, 1969

Jasmin par Jasmin, dossier, Langevin, 1970

Tuez le veau gras, théâtre, Leméac, 1970

L'Outaragasipi, roman, Actuelle, 1971

C'est toujours la même histoire, roman, Leméac, 1971

La Petite Patrie, récit, La Presse, 1972

Pointe-Calumet boogie-woogie, récit, La Presse, 1973

Sainte-Adèle-la-vaisselle, récit, La Presse, 1974

Revoir Éthel, roman, Stanké, 1976

Le Loup de Brunswick City, roman, Leméac, 1976

Feu à volonté, recueil d'articles, Leméac, 1976

Feu sur la télévision, recueil d'articles, Leméac 1977

La Sablière - Mario, roman, Leméac, 1979

Le Veau d'or, théâtre, Leméac, 1979

Les Contes du Sommet-Bleu, Québécor, 1980

L'Armoire du Pantagruel, roman, Leméac, 1982

Maman-Paris, Maman-la-France, roman, Leméac, 1982

L'État-maquereau, l'État maffia, pamphlet, Leméac, 1984

Des Cons qui s'adorent, roman, Leméac, 1985

Une Duchesse à Ogunquit, roman, Leméac 1985

Alice vous fait dire bonsoir, roman, Leméac, 1986

Safari au centre-ville, roman, Leméac, 1987

Une Saison en studio, récit, Guérin littérature, 1987

Pour tout vous dire, journal, Guérin littérature, 1988

Pour ne rien vous cacher, journal, Leméac, 1989

Le Gamin, roman, l'Hexagone, 1990

Comme un fou, récit, l'Hexagone, 1992

CLAUDE JASMIN

LA VIE SUSPENDUE

roman

151129A

LEMÉAC

Mise en pages : Mégatexte

Leméac Éditeur bénéficie du soutien financier du Conseil des Arts du Canada pour son programme de publication.

ISBN 2-7609-3160-9

Imprimé au Canada

*Au commencement Dieu créa le ciel et la terre. La terre était
informe et vide ; les ténèbres couvraient l'abîme,
et l'esprit de Dieu se mouvait au-dessus des eaux.*

La Genèse.

PREMIÈRE JOURNÉE

L'EAU ROUGIE DU BAIN

C'était la fin de février. Un lundi matin. Au Québec, c'est un mois de lassitude. L'hiver est installé depuis la fin d'octobre. J'achevais un nouvel album. Une b.d., c'est pas comme pour un roman, on vous fixe un nombre précis de pages. Pas une de moins, pas une de plus. C'est la loi. C'était ma première bande dessinée philo-psycho-métaphysique et j'étais énervé. C'est un peu tard, à mon âge, pour provoquer mon petit public d'amateurs : j'avais voulu changer de manière. C'est toujours risqué. J'en ai dessiné des bonshommes et des bonnes femmes dans ma vie, oh mon Dieu oui!, mais vouloir raconter mon père dans des bulles, avec des carreaux coloriés à partir de vieilles photos des années 20! Difficile la b.d. Les gens le savent pas assez. J'ai abandonné en chemin. J'ai bifurqué.

Un autre album : le résumé du récit? Près d'Oka, on a vendu un grand parc public. Le gouvernement a eu besoin de fric et il a cédé son parc à l'entreprise privée; des promoteurs, un groupe bizarre, sorte de secte religieuse riche, avec une milice, s'en emparent. Ils veulent transformer le parc Paul-Sauvé en un vaste domaine immobilier. L'Éden. Un paradis terrestre. Dans le genre. Hôtel, condos, architecture allemande rétro, le Bauhaus, post-Bauhaus, du blanc, du pastel, du stuc, des grilles, des briques de verre, des murs courbés. Un casino ultra-moderniste, une vaste marina. Au début, les entre-preneurs mystérieux ne se montraient pas dans mon futur album. Je voulais que ce récit d'un nouvel éden se déroule en six périodes, comme les six jours du «Livre», la création. Je jouais le Michel-Ange-des-pauvres dans ma petite chapelle pas sixtine du tout de la rue Cherrier, à Montréal.

À la fin février de 1983, rue Durocher, j'étalais ma ponte chez l'éditeur Duméac : trente-six planches pleines couleurs. Puis, ce fut le coup de fil fatal. La voix de Josette, la script-girl de ma compagne : «Faut vite rentrer chez vous. C'est urgent.» Je remis le com-biné à la secrétaire d'Yvon, le directeur artistique chez Duméac. «Je reviendrai, Yvon.» Il n'a rien dit : il a senti que c'était grave. L'assistante avait dit : «Rachel est avec votre fils. Ils vous attendent, dépê-chez-vous.» J'avais dit : «Un accident de voiture?» Elle avait dit : «C'est grave.» Josette parlait comme un télégramme au téléphone : «Affreux! Terrible! Faut rentrer. Chez vous. Le plus vite possible.» Je me suis immobilisé subitement. Une prémonition : sui-cide! Yvon me dit : «C'est si grave que ça?» J'ai dit : «Je ne sais pas. C'est une amie et elle a rien dit. Juste de rentrer au plus vite. Salut!» J'ai piétiné les feuilles de dessins répandues au sol. J'avais peur. Rue Cher-rier, chez moi, immédiatement, j'ai flairé un lundi de merde. La mort. Je l'ai sentie. La satanée faucheuse venait de passer. J'ai regardé Rachel, elle secouait la tête, une main autour du cou. Il me semble qu'une lugubre musique d'orgue se fit entendre, comme au cinéma, dans un film d'horreur, quand l'image se charge soudainement d'une troublante atmosphère. Elle m'a montré la porte du living. Il était là. Damien, mon grand garçon. Je me suis approché craintivement. Il pleurait. Marie-Lise, sa blonde, pleurait aussi. Je me suis laissé tomber près de lui, je devinais, j'ai dit : «Elle l'a fait? Elle s'est tuée?» J'en étais sûr. Il m'a regardé les yeux remplis de larmes. Marie-Lise, blottie derrière lui, lui serrait les bras. Depuis quelques mois, Denise, mon épouse, me menaçait au téléphone, comme durant l'année de notre séparation, il y a cinq ans. Elle avait sombré dans ce mal répandu, la dépression. Après un an pourtant, plus rien, en tout cas plus aucun appel menaçant. Cela m'avait rassuré. En vain, elle l'avait fait : il est faux de dire que ceux qui en parlent sans cesse ne le font jamais. J'attendais que Damien me raconte quand le téléphone a sonné. Rachel, lèvre mordue, front ridé, s'est précipitée. Je n'entendais rien. Les oreilles me bourdonnaient. Je pressais mon fils contre moi.

«C'est pour toi!» Au bout du fil, une voix anonyme, neutre : «Il faut venir ici et le plus tôt possible. Vous pouvez?» La police m'attendait là-bas, là où j'avais vécu une quinzaine d'années, dans l'impasse Racicot. J'ai dit : «Je suis là dans la demi-heure.» J'ai de nouveau pressé Damien dans mes bras. Je l'ai senti étrangement maigre, comme s'il avait fondu subitement. J'ai dit : «Courage mon gars. J'y vais et je reviens aussitôt!» Damien — il était dix heures — était allé voir sa mère pour la conduire tel qu'entendu chez son médecin, un psychologue de Cartierville. Denise avait passé un week-end du diable. Nausées. Crises d'angoisse. Téléphones incessants chez lui, Damien, et chez sa soeur Viviane. Larmes, menaces, cris. Harassé et alarmé, Damien avait téléphoné au psychologue qui lui avait dit : «Lundi matin, vous me l'amenez à mon autre bureau à l'Institut Prévost, il faut l'interner. Pour la protéger.» Damien, ce matin, a sonné. Pas de réponse. Il a pris sa clé. Il a appelé. Pas de réponse. Il est monté à l'étage du cottage. Il a découvert la mort.

J'ai roulé à toute vitesse. Je me suis souvenu tout à coup. Avenue du Parc, ce matin vers neuf heures et quart, allant chez l'éditeur avec tout mon matériel, subitement, en face du grand ange de bronze du parc, j'ai senti une violente et longue poussée. Comme si un colosse invisible me donnait une sorte d'allant. Comme si des géants d'un autre espace-temps s'étaient emparés de ma voiture pour la faire accélérer. Cela me revenait clairement. Un sentiment si inattendu que j'avais aussitôt jeté un regard dans mon rétroviseur : un véhicule me poussait peut-être, sans bruit. Il n'y avait rien. Denise se tuait sans doute à ce moment précis. Me voici au nord de la ville. Me voici revenu, cul-de-sac Racicot, en face du logis, quitté il y avait un peu plus de cinq ans. Tout y est. Rien n'a changé. Tant d'années passées là! Je jouais au père comme une fille à la mère. Il y a les arbres, sapins, bouleaux, que j'avais plantés il y a vingt ans. L'auvent de bois devant le garage, les vignes courantes. La boîte à fleurs géante le long des fenêtres en baie du salon. Les haies de chèvrefeuille autour. Une voiture de police. Une noire camionnette, marquée : morgue. Dans la maison d'en face, des rideaux qui remuent. On observe le séparé, l'homme disparu, le dessinateur envolé, on sait bien ce qui se passe. «Elle s'est tuée! C'est lui qui était parti n'est-ce pas? Elle l'aimait toujours? Elle n'a pu supporter? Ne pouvait plus vivre seule?» Il me semble, sorti de ma voiture, entendre les chuchotements. «D'abord sa fille est partie. La première. Sa chère Viviane. Puis, lui, le mari. Il la trompait? Cela s'était su? Enfin le fils qui s'en va à son tour, l'an dernier. Terrible solitude, n'est-ce pas?» Je sonne et j'entre puisque la porte est entrouverte. Un des deux policiers vient à ma rencontre. Instants d'observation. Va-t-il me demander où j'étais au moment de... Non. Il ne dit rien. Il m'entraîne à l'étage. Il y a la salle de bains au fond du couloir. Noyade? Poison? Surdose de médicaments? Je devine la pharmacie ouverte, les flacons répandus au sol. Non, rien de tout ça! C'est bien pire. Sur la céramique du plancher, elle est là, masse grise, comme un tapis roulé, sinistre rouleau, vague forme humaine molle, enroulée dans la couverture de laine. Du corridor, je vois la porte de la pharmacie grande ouverte. Le rideau de douche a été arraché et posé sur la cuvette. Le policier me tire doucement vers les toilettes. Un regard furtif, un signe de tête discret, vers où il faut que je regarde. Il se place devant moi. Je dois avancer? L'imiter? Le bain. Rouge. L'eau est rouge. Le bain est rempli d'eau rougie. Je pense à du jus de tomate. Matou, le chien de Viviane, elle avait dix ans, une mouffette l'avait copieusement arrosé, lavage au jus de tomate dans la baignoire. Folle pensée. «Votre femme était en santé?» Il referme la porte et me ramène, pression légère sur le bras, vers le rez-de-chaussée. «Non. Un médecin s'en occupait. Le docteur Lamer. Elle était en dépression.» Le policier s'installe dans la cuisine. Sur la table, il y a un bloc et des formulaires. Son adjoint fait mine de griffonner. Il fait faux. Partout cette gêne. Je me sens un suspect. Assassinat déguisé en suicide. Folie! Peut-être que ces policiers ont reconnu le caricaturiste du *Journal.* J'ai exposé, Place Ville-Marie, mes meilleures pontes, le mois dernier, et j'ai fait le service de promotion classique, les «talk-shows». Il hoche la tête quand je dis : «C'est arrivé ce matin même?» Il va tripoter des bouteilles de comprimés, me montre une étiquette : «C'est bien le nom de son docteur, là? C'est bien Lamer?» Il téléphone. L'adjoint me regarde : «Oui, c'est arrivé ce matin.» «Paraît que mon fils devait la ramener à l'hôpital, et que la fin de semaine a été mauvaise.» En arrivant en haut, Damien a vu... Il a eu le réflexe, connu, de celui qui frappe en voiture, et qui d'abord fuit. Souvent pour revenir plus tard. «Il a téléphoné à votre journal. En vain!» Il me dévisage! Quoi? Il me soupçonne? Fournir un alibi? «J'étais chez un éditeur. Je prépare un nouvel album de mes dessins.» Il me quitte et sort pour appeler les hommes de la morgue. J'entends l'autre policier qui parle au docteur Lamer. Combien il a prescrit de ceci et puis de cela, il fait pivoter les bocaux de pilules. J'entends ses «Bien. - Bon.» Il raccroche l'appareil. «Tout est correct. Faut l'amener à la morgue. Il y a toujours autopsie dans ces cas de suicide.» Il fait un geste et deux brancardiers grimpent à l'étage dans un bruit de galopade. Je me surprends de mon calme. L'avouer?

Me l'avouer. Sentiments mêlés. Colère et compassion. Oui, une sorte de rage. Cette affreuse grimace à mon Damien. S'y mêle aussi du soulagement. C'est la fin des menaces, des appels larmoyants, parfois en pleine nuit. Il reste surtout la colère. J'enrage. En secret, je la maudis : avoir osé faire cela. À ses enfants qu'elle prétendait tant aimer. Je tente de me calmer. De me raisonner. Pendant qu'on l'emporte, je serre les poings dans mes poches. Je frapperais ce cadavre! Elle n'avait pas le droit de faire ça! Pas elle! Je me raisonne : «Elle était malade. Elle était malade.» Sa mort a voulu m'accabler, je suppose. M'illustrer violemment que je suis responsable d'avoir tout raté. J'avais espéré, dès 1978, un jour, la réconciliation, le calme, la paix, même de nous revoir. En bons copains. En très bons amis. Se tuer pour me crier : Échec! Pénible sentiment de n'avoir pu réussir la fin d'une histoire. D'une longue histoire. Par la fenêtre, j'observe les deux croque-morts qui poussent la civière au fond de leur camionnette. Et voilà. C'est fini. Elle sort de l'histoire, la mienne. Tout se brouille. C'est mon tour de pleurer, debout devant la baie vitrée. Des rideaux remuent encore dans les fenêtres d'en face. Image lugubre. Le salon est lugubre. La cuisine. Tout. Aurais-je dû demander de la voir une dernière fois? Ai-je été correct? Je pleure aussi de colère. Je suis une coquille. J'ai mal. Je reste seul. Les policiers sont partis. Sans aucun salut. Je suis anéanti. Où dois-je aller? Que faire maintenant? Comment dire à ma fille Viviane : «Ta mère s'est tuée...» Je me répète ce qu'on me disait quand je confiais à des intimes les menaces de Denise : «Ceux qui en parlent ne le font pas.» Comment a-t-elle pu?

15

Comment a-t-elle osé... Elle savait que Damien viendrait la chercher. Elle a voulu illustrer sauvagement le refus de cet asile, du sanatorium du boulevard Gouin. Refus définitif. J'ai honte d'elle maintenant. Il me semble que le cottage est isolé. Une île honteuse dans l'archipel joyeux, bon enfant, de toutes ces coquettes maisons de banlieue. Je suis seul. Je ne sais plus où aller. Quoi faire. Je suis de nouveau furieux et cela monte. C'est insensé. Si bête. Je voudrais crier. Sortir et crier mon impuissance. Je voudrais ameuter les anciens voisins et expliquer : «Elle a osé faire ça à Damien, à Viviane!» À deux enfants qui n'y sont pour rien, eux, dans notre histoire. Je tremble de colère. Elle a été dégueulasse. C'est lâche, misérable de s'ouvrir les veines alors qu'elle savait la venue de son fils! Horreur sordide chez une mère. La maison est un vide, un creux, le trou d'un volcan éteint. Je remonte. Sa chambre. Aucun désordre. Il n'y a pas eu de panique. L'ex-chambre de Damien est un atelier de couture, celle de Viviane, un salon de lecture. Tout est en place partout. Le piano droit. L'horloge et son coucou suisse! Tapis, rideaux, les objets sont plus morts que jamais. Je me laisse tomber dans un fauteuil. Je deviens inerte comme ce décor. Je suis au bout du monde. Je n'arrête pas de penser à Damien. La vision! Sa fuite! Son horreur! Il a donc sonné, puis il est entré et il est monté à sa chambre. Non, il a peut-être voulu uriner d'abord, il a ouvert le rideau de douche, il a vu. Sa mère! Je gueule pour moi : «Seul un monstre peut faire une grimace aussi laide à son propre enfant.» La détresse? Je dois absolument me calmer. Que faire une fois le cyclone passé? La trombe s'en retournant, que faire? M'en retourner rue Cherrier? Je me réveille. Cauchemar. Il y a Viviane. Il faut la prévenir. Il se peut que la radio en fasse l'annonce. J'ai une relative notoriété publique. Les ondes de radio-police sont écoutées. Ne suis-je pas le caricaturiste populaire du *Journal*? S'il fallait. Je me secoue. Coup de fil : «Viviane? Tu restes chez toi? J'arrive. Ne bouge pas.» Son silence! On dirait qu'elle devine. Sa voix devient fragile : «Quoi? T'as un drôle de timbre! Qu'est-ce qui se passe, papa? Où es-tu là?» Je dis: «Je suis chez ta mère. Attends-moi. J'arrive. Je te raconterai.» Elle insiste : «Qu'est-ce que tu fais là?» Je ne peux m'empêcher de lâcher : «Elle s'est tuée, Viviane.» Un petit cri. Un bruit. Puis d'autres cris retenus. Et puis de violents sanglots. Je lui dis : «Téléphone rue Cherrier et dis à ton frère de s'amener rue du Sacré-Cœur, chez toi. Compris? On se réunit.»

On est debout, au milieu du salon de Viviane, tous les trois, accrochés, suspendus les uns aux autres, secoués de sanglots, écrasés, peinés et fâchés. Que de larmes! Denis, le bébé de Viviane, deux ans à peine, nous questionne du regard. Grimace sous nos lamentations, Denis est au bord de la panique. Je me penche et je le prends, je le serre contre moi. Que de larmes! L'heure du souper. Je rentre. Rachel est livide. Elle aussi est liée à l'histoire. Elle devra porter sa part. La culpabilité rampe. Il y a eu une morte dans une baignoire, désespérée. Alors il faut vite une réponse : qui a désespéré cette femme? Répondez vite, les survivants. Rachel marche sur le bout des pieds. Il n'y a pas eu de lunch ce midi. On n'a plus d'estomac. Il n'y aura pas de repas ce soir. Il n'y a rien, plus rien que le noir. Le satiriste des petits matins ne sait plus rien du ricanement. Ma page serait noire d'encre de Chine si je devais illustrer ma journée. L'ombre est là. C'est comme avant la venue du créateur tout-puissant du récit de la Genèse. Le noir. Le glauque partout. Le premier jour de la création dans la Bible. Comment séparer les ténèbres, Dieu? Soudain, le cri sort. Le cri. Le début de la délivrance. J'éclate et je cours m'enfermer, un enfant, dans l'unique mais immense placard du couloir, j'en ferme les persiennes blanches et je m'écroule sur les paires de souliers. Je m'écrase. Je pleure. Un enfant. Rachel pleure aussi. Je l'entends. Je crache. Je bave. Je morve. Je frappe le mur. C'est la rage. C'est l'horreur. C'est toujours la douleur : mon fils a été salement grimacé. La peine la plus profonde : Damien, encore jeune, seul, face à la pire des grimaces, celle de sa mère morte dans son bain de sang. Je me vide, «écrapouti», recroquevillé comme une larve, un fœtus de cinquante-deux ans qui chiale, je me vide de tout. Colère et peine profonde.

Il y a une sorte de vaste aquarelle aux couleurs funèbres qui coule sous les persiennes du placard. Tout est noir autour de moi. En février, le soir tombe encore tôt. La personne qui se tue sait bien qu'elle va faire cela : l'ombre partout, répugnante. Elle le sait et elle le veut. Elle l'a désiré. Cet état du monde au premier chapitre. La ténèbre! Le mort y a droit, c'est sa vengeance. La mort violente, perdue, misérable, désespérée, a voulu cela : effrayant moment quand, trop tard, on va me trouver morte. Devoir cacher le drame. Devoir dire la vérité aux rares vrais amis, aux parents. À Yvon, mon directeur artistique, qui a téléphoné : «Ma femme, enfin, mon ex, elle s'est tuée ce matin. Elle s'est ouvert les veines. C'est mon fils qui l'a trouvée dans son bain.» Mon journal a téléphoné : «Donnez-moi deux ou trois jours. Je reviendrai. Passez des "reprises". Merci. Ma femme s'est tuée. Enfin, mon ex.» Une de mes sœurs : «Fais attention, Clément. Prends garde à Rachel. Personne ne doit y penser, mais c'est terrible pour elle. Tu peux saisir ça? Surveille-la.» Je dis : «Elle est forte, Mireille. Rachel est très solide.» Elle dit : «Pense pas ça! Crois pas ça! Ne la laisse pas seule longtemps.» Alors je surveille Rachel. Elle fait montre de flegme. Je devine pourtant comme un arrière-plan. Elle ne cesse plus de se mordre les lèvres. Ça ne va pas si bien que ça, en effet. Il faut joindre les parents de la morte. Ceux de la famille Dubois. Raconter. Redire : elle s'est tuée. Cacher, camoufler ma colère contre leur sœur Denise. Les autres, ah! les autres, ils ne peuvent pas ne pas dire : «Comment? De quelle manière?» Il faut expliquer. Donner des détails. L'heure. La menace d'hospitalisation. Un deuxième séjour. Le premier l'avait horrifiée. La peur de ne plus s'en sortir? On parle. On explique. On joue le magnanime. Le compréhensif, quand on voudrait frapper, mordre, tuer. On s'excuse : «Je lui donnais la moitié de mes revenus chaque mois.» et «Elle n'a jamais manqué de rien.» On parle. En vain. On dilue. On diminue. On masque. On vous regarde. On devine les reproches. On suppose les blâmes, on a mal au cœur, à l'âme. Sur certains visages, lire : «Si tu ne t'étais pas séparé, ça ne serait pas arrivé.»

19

On reste muet devant ces regards-là : «C'est certain.» Muet, je ne suis plus libre d'orienter le prochain dessin, de choisir la couleur, les mots du ballon. Une sœur de Denise reste froide, stoïque au salon mortuaire. L'aînée, surprise. Un frère, l'air si dur pourtant, éclate en sanglots. Il dit : «Maudite famille de fous, ça.» On tente de le calmer : «Ça nous fait trois morts déjà.» On veut le faire taire. Il refuse : «Qu'est-ce qu'on a fait de pas comme il faut, Clément?» De ne pas savoir quoi dire, ma rage s'estompe. Damien va s'en sortir, il est plus fort que je croyais. Marie-Lise, sa compagne, l'aide beaucoup à émerger. Ils s'aiment.

Cela achève. La femme de sa jeunesse en train de disparaître à jamais. Crématoire à Laval. «L'urne, Monsieur? Vous êtes bien le mari de la morte? Oui? L'urne?» Ah oui! Au cimetière de l'est! Au printemps! Enfin, mars. Oublierais-je? Envie de reprendre le projet de l'album interrompu sur l'Abitibi des années 30 quand, fillette, Denise Dubois suivait sa famille s'installant là-haut. J'avais écrit sur ce dossier : «La détresse.» J'avais voulu illustrer la misère de cette aventure en colonie intérieure. J'avais ramassé des tas de photos sur cette jeunesse miséreuse. L'envie ne dura pas. Je ne pardonnais pas encore. Plus tard, un jour, je ferais ce recueil sur l'enfance miséreuse de Denise pour lui trouver des excuses «postmortem», une sorte de justification de son suicide aux yeux des enfants. Visite, rue Parthenais, à la morgue. Les papiers à signer, droit d'exhumer. Emporter le paquet inerte. Le lendemain, visite, rue Saint-Denis, se sentir l'annonceur obscène. Mon père ouvre. Je lui dis tout de suite. Il se retourne. Me quitte. J'entre. Maman me regarde. Elle se remet mal d'une fracture du bassin. Elle est née en 1899. Elle a 84 ans. Elle ne sourit pas. Devine-t-elle? Elle aimait tant Denise. Je me mets à pleurer. Elle me regarde durement: «Qu'est-ce qui se passe donc, Clément?» Ses yeux sévères. J'ai dix ans. Vieux cliché: une maman sait tout. «Denise s'est tuée, maman. C'est Damien qui l'a découverte dans la baignoire, en sang.» Sanglots. Mon père se ramène, son café éternel à la main: «Avec vos idées de divorce aussi!» «Elle n'a pas fait ça? Pas Denise?» Il ouvre le store du boudoir: «C'est pas vrai?» Je répète pour papa. Je revois Damien debout devant le bain de mort. Je fonds, j'éclate, je plie, je m'écrase à ses pieds. Sanglots d'un vieil enfant quinquagénaire. Papa est mal à l'aise. Il lève les mains, les garde levées au-dessus de ma tête. Il est paralysé. Lui qui jamais n'a eu une caresse, un mot doux, un geste tendre, semblable à tous les pères québécois de sa génération. Il finit par me toucher les cheveux, vague caresse. Esquisse d'affection retenue. Silence de mes deux vieux. Ils ne savent pas quoi dire. Maman se laisse tomber dans son fauteuil roulant et vient me tapoter l'épaule. «C'est une épreuve du bon Dieu. Pleure pas, mon petit garçon. Il te reste tes deux enfants. Mon Dieu! Où sont-ils? Est-ce qu'ils savent?» Elle roule vers le couloir. «Je vais téléphoner.» Bref orage. C'est fini. Folie d'avoir espérer une vraie consolation. Je me redresse. J'ai toujours été orphelin. Je me ressaisis. Je regrette cet accroupissement. C'est pas moi l'enfant. Maman a raison. Je ne suis plus le petit. Je suis le grand pourfendeur. Une vedette du *Journal*, le sarcasme bienvenu des petits matins, l'homme aux lunettes sombres — ma vue n'est pas bonne. Trop dessiné. Je dois reprendre mon rôle d'homme lucide épinglant tous les travers des hommes publics, les cupides, les favorisés, les gras dur, les profiteurs, les menteurs. Assez pleurniché. Je suis le corrigeur sagace, je suis aussi Don Quichotte en personne, le chevalier candide et courageux, le bras vengeur du petit populo. Debout, le nouveau veuf! Debout! Il y a ton rôle public. Tu dois continuer à te croire indispensable. Ça tient en vie. Sors ton épée, tête heureuse, il te reste des moulins à combattre. Il y a ce nouvel album d'un paradis terrestre à Pointe-Calumet, d'un éden du vingt-et-unième siècle. Je dois l'achever, trouver une fin surprenante à ce cauchemar des bédéistes du monde entier. Il y a le titre à trouver. Debout, Don Quichotte! Je sors de la maison natale. C'est vieux ici. C'est sale. Papa est un sauvage pingre, c'est un glacier. Il ne m'a jamais vraiment aimé. Au fond, il n'a toujours pensé qu'à lui. Il a passé sa vie entière à se cacher, terré, enterré dans sa cave avec sa misérable clientèle de zazous. Je pars. Rapidement. C'est fini la petite patrie, l'enfance embellie, la jeunesse insouciante que j'ai voulu illustrer en 1972. Je noircis tout. La violence de Denise m'a-t-elle rendu violent? Je résiste. Ne pas m'endurcir davantage. Refuser la carapace, le bouclier. Je dois rester ce que je suis. Ni plus mou, ni surtout plus dur. Je stationne la Honda, rue Bélanger, près du cinéma Château. J'ai froid. Dans ce château faussé, toutes ces séances, tant de rêves habités, souhaités, ma jeunesse en images. Pauvre palais effondré, grande affiche «À VENDRE». Ma jeunesse : À VENDRE. Je ne sais plus où aller. Cette mort brutale m'a jeté en bas de mon trône de papier mâché. Je sors la feuille jaune du médecin légiste de Parthenais : «Souffrait de dépression, son fils l'a découverte dans sa baignoire. Les veines ouvertes.» Encore une ondée. Pas ça. Les larmes mouillent la feuille de papier jaune. Denise Dubois est morte pour de bon cette fois.

La Bible parle : la femme de ta jeunesse. Tu ne quitteras pas la femme de ta jeunesse.

La Bible est sévère. La Bible est un livre ferme, dur. À côté, il y a la vie molle. Ses lois pour la dresser. Ses obligations. Ses mesures de vie et de mort. Bon, continuer. Il y aura donc, à toutes les six pages, six images doubles dans son album. Si je le fais. Si je le termine. J'ai mis une taverne au début de l'album. Celle de ma jeunesse. Du temps de nos songes creux. Du temps de l'aspirant génie. Du temps des illusions. Le pub «Royal», rue Guy. J'ai dessiné les tables des amis d'ivresse quotidienne. C'était, en 1955, l'estaminet des illusionnés. Pas d'avenir. Un petit bonhomme à demi chauve s'agitait certains midis. René Lévesque, client furtif. Le pub était le café bruyant des révoltés. Il y avait aussi un certain Patrick, venu de Paris, qui se démenait, qui gueulait comme nous tous. Personne n'écoute personne. Je sais qu'il faut que je sorte de cet abri stérile. Je sens qu'il s'agit de sortir de cette grotte séduisante. L'album en cours, page deux, fait voir le jeune ivrogne qui part. Moi! Il quitte les camarades bavards et inactifs. Il tourne le dos à cette adolescence qui s'éternise quand les illusions refusent de s'incarner. Mon héros, dès le début, abandonne les copains du cirque des utopistes du houblon. Il fonce en tremblant de peur. Il ne sera pas Picasso ni Renoir, humble enfin, il sera peintre d'enseignes pour le projet d'un paradis terrestre à Pointe-Calumet. La mort de Denise ne devait pas m'assommer trop longtemps. Je devais me relever. Denise et moi, c'était l'ancien temps, les épouses et les ribambelles d'enfants. Les abandonnées au coin des pauvres ruelles, au fond des rangs de campagne profonde. Denise, c'était 1953. C'était fuir la famille indigente, pour elle comme pour moi. C'était attraper le premier gars venu (ou la première fille) dans notre désert qui dirait «oui» en grimaçant un sourire, et nous nous jetions l'un sur l'autre en vitesse, griffant un brin de plaisir, une paille de bonheur. Innocents, au jardin des premiers péchés; fuyons, dépêchons, le mariage en guise d'abri commode.

J'allais donc porter la funeste nouvelle à la sœur aînée de Denise, Hélène, sous le vacarme du métropolitain, puis à ses frères, l'un après l'autre. Je donnais l'adresse à Ahuntsic pour la cérémonie religieuse. C'était un mardi matin sombre. Le mercredi, à midi, c'était terminé. Officiellement terminé. Il nous restait la douleur. Comme un point à l'estomac. Il nous restait une plaie à soigner. Un chagrin à chasser continuellement. Pour mon album, j'avais prévu des pages en camaïeu de gris et d'autres pleines couleurs, débordantes de signaux. D'un graphisme touffu. Visuel baroque pour ce récit parabiblique. Le deuxième jour de la création de cet éden, la lumière! Il y avait ensuite une sorte de biosphère, jour trois, les plantes, les arbres et leurs fruits. Les herbiers gras sur toutes les rives du marais.

Sortie du glauque ! Je montrais les bêtes, jour quatre, vaste zoo d'animaux sur cette terre asséchée. Des oiseaux de toutes les teintes, des poissons de toutes les formes, ce paradis promis sur maquette était prodigieux. Un univers joyeux naissait sous mes pinceaux fous, ivres. Des étoiles, un soleil, une lune, pour le cinquième jour. Les promesses des entrepreneurs se multipliaient. Je peindrais des aurores boréales. Mon héros dessiné allait de réussite en réussite, engagé pour des placards au début, le voilà aux maquettes. Enfin, il était arraché à jamais de cette taverne de ratés. Il pouvait refaire sa vie ! Il cherchait des racines, le commencement de tout. Il allait participer au bonheur. Cette chose maudite par ici. Il allait collaborer à ce fabuleux Jardin des merveilles. Pour une fois, il n'y avait pas de démon. C'était possible. Il disait adieu au monde ancien, aux damnés, au malheur. Mon album, grand changement pour moi, illustrait la bonté ! Le héros (moi !) avait trouvé la joie et il aurait un certain poids dans l'histoire du monde nouveau. Il vaudrait quelque chose, l'histoire ne le condamnait pas à l'avance. Ça me changeait. Alors, entre deux enseignes, mon héros partait sur les grèves du lac, à la recherche de ses premières amours, car il voulait recommencer sa vie, retrouver l'abandonnée, se faire pardonner. Enfin, un album gai qui permettrait au héros d'avoir les mains sur le réel. Du vrai. De page en page, de carreau en carreau peint, je m'amusais des cachettes de l'héroïne. Elle résistait au bonheur. Suspense obligé. Cela m'amusait, je m'excitais. Cet album serait mon plus beau, mon plus éclatant, le plus chargé de symboles, en faveur de la vie. Mon petit torcheur d'enseignes commerciales devenait un être humain prodigieux, mieux qu'un héros de b.d. ordinaire, car tous les méchants étaient vite démasqués. Les promoteurs étaient des dieux! Honnêtes. Je cassais un stéréotype, un cliché facile. Celui du vilain richard. Je partais de rien. D'un peu de boue. Je faisais de Pointe-Calumet, oui, un paradis terrestre. Je voulais une fin heureuse. Le lecteur allait découvrir un album plein de bonheur total. Pensez donc : une fin heureuse. Rachel était mon idole. Je la métamorphosais en premier amour, en jolie dame de l'âge tendre. Nous recommencions tout. Le héros perdait ses manies, ses faiblesses, ses tics puérils. Il triomphait. Il inventait, au sixième jour, un nouvel Adam, un Québécois neuf, un homme meilleur. Idéal. Ève était une fée. Un ange incarné, réel. À la fin, septième jour, c'était la fête, le repos éternel. Mille couleurs déferlaient sur la page blanche. Le ciel sur la terre. Plus j'échafaudais cet album, plus je m'amusais. Casser les tabous. Changer la vie. Le goût du bonheur comme une contagion. Mes entrepreneurs réussissaient à se débarrasser de certains sectaires qui avaient infiltré l'organisation. Aussi de quelques néo-nazis et de leurs jeunes miliciens fanatiques. C'était la première fois que je conduisais une intrigue où tout irait bien. Alors, il y a eu le coup de fil. La baignoire. La première femme dans son sang. L'album suspendu. La vie n'est pas un album rose. À toute vitesse, les funérailles. Quasiment secrètes. Une honte obligée. L'influence de l'entourage qui, sans rien dire, fait sentir cette humiliation diffuse. La naissance des secrets. Les explications étriquées. Pour ménager des sœurs, des trop curieux, mon frère trop sensible, Raymond.

Des camarades de travail. Rachel, femme, favorisait la discrétion. Crainte des jugements bêtes et méchants. Et les jours passèrent. Après mars, avril se montra, tiède, un peu plus lumineux.

Cicatrice. La paix. Un certain silence entre nous tous, les survivants. Un léger manteau d'oubli. La terre ouverte au cimetière de l'est. L'urne à enfouir dans le lot familial des Dubois. Damien redresse la tête et reprend le magazine, sa chasse aux hommes et aux choses insolites! Ses photographies de l'inédit. La vie continue donc. Je retourne chez l'éditeur. Je lui fais voir de nouvelles planches. C'est plutôt beurré, ça vascille, ça flanche, ça se barbouille, ça cale, ça ne va plus si bien que ça. Y a-t-il eu quelqu'un qui a donné un grand coup de pied dans un fragile échafaudage? Il y a eu quelqu'un, avec un couteau, qui a lacéré des images. Vandalisme involontaire. Pas grave. Je retourne à ma table à dessin au *Journal*, chaque jour les actualités m'offrant des victimes. Consentantes, on dirait. Tant de conneries. Il me semble. «Qui es-tu pour juger?» Lettres anonymes. Coups de fil anonymes. «Pour qui vous prenez-vous, hein? Hein, hein?» Que répondre? Pour rien. Pour personne. Pour un bonhomme qui a enterré la femme da sa jeunesse, mais qui a gardé la «femme-de-ses-amours-de-trente-ans», qui fait voguer une drôle de galère. Je me prends pour un fou. Un fou qui a voulu inventer un livre plein de couleurs, plein de signaux joyeux. Un fou. Vraiment fou. Je suis un candide souverain, j'ai l'esprit libre des sots, je suis le fou venu d'un village inconnu perdu en ville. J'ai mis l'album de côté. J'ai pris bonne note de ce jour de février 1983. J'avais rêvé qu'il y avait un commencement, un milieu et une fin. C'était faux. Laisser passer la tempête. L'orage du sang dans une baignoire dans la jolie impasse Racicot. Un cul-de-sac à Bordeaux. J'ai eu droit au vide. Chaque matin, pour mon journal, je tente de faire sourire le mal réveillé et je ponds mon unique carré. Il n'y a pas de couleurs. C'est pauvre? C'est la pauvre vie.

TOMBEAU I

Je me demandais bien ce qu'il me voulait. Lui aussi avait quitté Le Journal *depuis assez long-temps et voilà qu'il insiste au téléphone : «Faut que je te parle, Clément.» Il avait été pour moi une sorte de conseiller. Rudel était du type à se répandre en conseils. On ne lui demandait rien. Il le faisait avec modestie et avec humour aussi. Il avait vite vu que, si je dessinais bien, j'étais pauvre pour les mots, les bulles à remplir. Il s'amusait dans le langage. Il s'y ébrouait. Je l'enviais. Il avait fait mille métiers, connexes à celui de journaliste. Dans les temps anciens, avant la guerre de 39, les journalistes se fai-saient scripteurs publics et, mal payés, ils acceptaient de jouer les publicistes, les nègres de poli-ticiens, les scribes anonymes de mille et un follicu-laires. Rudel n'était pas vaniteux mais il avait du panache. Je l'aimais. Ce jour-là, rue Villeneuve, dans son vieil appartement sans grande lumière, il me paraissait plus volubile que jamais. On aurait dit qu'il partait et il était chez lui ! Il était resté debout, accoudé à la basse cheminée et il jasait à toute vitesse. Il allait pondre un deuxième livre bien plus important que son premier. Une autobiographie* arrangée un peu. *Il désirait y fourrer tout son lignage. «Ah oui, tu vas voir ça, ça va être grouillant de Tessier. Je fouille dans les archives familiales et ça va remonter jusqu'aux premiers colons.» Il parlait vite en ravalant sa salive. Je songeais à papa, sa manie. J'en étais médusé. Certes, Rudel était un fameux discoureur, mais là, ce midi-là, il y avait urgence en sa demeure. Il tenait énormément à ce projet de livre. Ce serait son livre «dernier», il insistait là-dessus. Il était ultra-nerveux, me semblait-il. Il agitait les doigts et croisait sans cesse les bras, il me parut à la fois stimulé et agacé, empêché. Nous avons bu une bière, puis une autre, et, avant que je parte, il m'a dit: «Je voudrais qu'on se voie de temps en temps. Je te ferai voir mon ouvrage. Des pages. Comme un «work in progress», tu vois?» Ce vieil homme me cache quelque chose que je me disais. Tout chez lui, ce comportement stressé, n'était pas celui du bon vieux compagnon de jadis. Au journal, il avait toujours été une sorte de placide fumeur de pipe, ultra cultivé, rôdant parmi les pupitres, s'arrêtant fréquemment à ma table à dessin, observant ma ponte graphique, adorant causer de tout et de rien. Il m'avait toujours semblé être la parfaite incarnation de l'homme du monde, mais pas snob, pas mondain, un sage qui sait prendre le temps de vivre, il n'était jamais pressé et pourtant savait torcher un article brillant en un rien de temps, autant que le chef en réclamait de ces billets savoureux. J'aimais le lire. Jamais ennuyeux le vieux à la diction très articulée, à l'accent pourtant vaguement paysan. Ce midi-*

là, j'avais du mal à reconnaître le joyeux compère de la salle du Journal. Je lui trouvais le teint sombre. Il me semblait avoir l'œil inquiet, la bouche nerveuse, les lèvres tremblantes, inexplicablement. Quelqu'un au port dont le bateau va partir d'un moment à l'autre. Pudique et vaniteux à sa manière, il m'avait laissé croire que j'avais «le don», c'était son mot pour détecter si «une patente est séduisante». Pour m'obliger à revenir le voir peut-être, il me parla de me confier le dessin de la couverture de cet immense livre de famille, ce gigantesque album. Il alla même jusqu'à me parler d'illustrations. «Peut-être.» Le malin, le ratoureux, me disais-je. Je suis sorti de son long appartement aux rideaux anciens, au mobilier vétuste, aux planchers très vernis, couverts de tapis râpés au style vaguement oriental, je suis sorti de cette grotte confortable et vieillotte avec un sentiment de gêne. Un malaise flou. Le surlendemain, un coup de fil. L'épouse. Rudel était mort. J'étais en maudit. Dieu, grand créateur du ciel et de la terre, par pitié, par simple commisération humaine pour ses petits bonshommes les terriens, aurait pu le laisser raconter sa saga familiale. Mais non, il est comme ça le grand manitou des chrétiens, impassible, apathique, tout occupé sans doute à régler les grandes horloges universelles. Au-dessus de nos têtes pleines de projets familiers. Rudel est allé visiter une dernière fois la nef de la rue Laurier, à l'église Saint-Viateur. J'ai pu remarquer que nous étions peu nombreux pour le dernier adieu au vénérable vieillard du bon temps. En quittant l'église

*(une farce de mon Rudel?), le klaxon de mon cabrio-
let se déclenche, tonitruant! Je file, honteux, rue de
l'Épée, comme un chien à la queue munie de casse-
roles, vers le garage du Grec, rue Fairmount; Rudel,
riais-je, tu te crois drôle? Je suis sûr que c'était lui!*

DEUXIÈME JOURNÉE

UNE PRISE DE RETRAITE

Après ma rencontre du troisième type avec cadavre, police et morgue, il me prit l'envie soudaine de dessiner des albums noirs. J'inventai un limier à la préretraite (j'avais grande envie de retraiter du journal, du boulot quotidien). Je le baptisai Asselin, l'as-Asselin et je pondis, l'un après l'autre, cinq polars illustrés. Je nageais dans la mort et, inconsciemment, les auteurs de mes meurtres, le plus souvent, étaient des femmes. Denise? Pour me défouler? Vider ma colère?

Le patron devenait insupportable au *Journal*. Mon boulot devenait une routine. Mes caricatures s'affaiblissaient, devenaient de plus en plus fades, molles. Les dirigeants de la boîte assistaient à des colloques, des séminaires. Une mode de fou. L'amusement des prétentieux. Les cadres du jour, les petits patrons, en revenaient avec des idées tordues, des idées de contrôle subtil, avec organigrammes sophistiqués. Pour un travaillant, cinq bureaucrates. Un jour, me sentant devenir une machine automatique, j'ai dit au chef du personnel, comme ça, sans trop y penser — nous étions à la fin de 1985 : «Je sais qu'on offre de bonnes conditions de préretraite, j'accepterais d'examiner ça.» Dès le lendemain, petit-cadre Augustin Chiffon me téléphonait : «Je te prépare ça, tu vas voir, c'est intéressant!» Le surlendemain, il était dans mon cagibi du sixième avec, sur ma table à dessiner, une chemise et un formulaire bleu, rose et vert. Quelques feuillets. Mots tassés. Mots menteurs. Phrases biscornues. Je ne lis jamais ça. Je connais. Nerveux, Chiffon disait : «Tu vois, il y a la prime, vingt mille dollars, tu n'as qu'à signer aux trois endroits marqués d'un x.» Fébrile, il pointait ses x de son index jauni de tabac. J'ai signé. J'ai compris. C'était clair. Dehors l'emmerdeur! Pour les dirigeants du *Journal*, fin des menaces, du chantage affairiste et politique, des lettres d'avocat. Il y avait longtemps sans doute qu'on souhaitait mon départ du *Journal*. J'ai signé. Partir, casser la routine, me forcer à changer, à évoluer. Depuis toutes ces années, tolérer leurs appels à la modération, du président, des directeurs, des administrateurs, «c'est trop noir», «c'est vainement méchant», «c'est déprimant», «c'est grossier», «c'est trop cruel ton truc», «c'est grotesque, burlesque». Bref, qu'ils se dénichent un caricaturiste gentil, aimable, *politically correct*. Ils auront moins d'ouvrage à l'étage du contentieux plein d'avocats censeurs. Adieu le *Journal*.

Je tournais autour de l'album-genèse. Je rouvrais mes rouleaux d'esquisses! Le grand projet! La bande dessinée souveraine. L'objet unique. J'avais de nouveau à cœur de produire un objet rare, un livre d'art, quoi. Avec les polars, je me gardais la main chaude. Enfin, le vieux rêve était permis. Fini le noir et blanc du *Journal*, au jour le jour. Au petit jour. Fini. À moi la création d'une b.d. singulière, inimitable. J'ai débuté, il y a trente ans, avec un premier album audacieux pour l'époque. Pas d'argent en ce temps-là. Pas d'éditeur. Pas de forfait. La table de la cuisine rue du Sacré-Cœur à Ahuntsic. Il fallait que je frappe un grand coup. Je me devais de sortir de l'anonymat, pouvoir quitter *François*, un journal sans vrai budget, pour la jeunesse catholique. J'avais alors accouché d'une histoire sinistre. Une chasse à l'homme pénible. Cruelle. J'avais titré ce premier album : « La corde au cou ». Trois couleurs seulement. Ça avait marché très fort. C'était nouveau, ici, un tel *comic book*. D'un réalisme quasi morbide. Quelques dessinateurs, par la suite, se sont engagés dans ce vérisme. Ça coïncidait bien avec la nouvelle fièvre d'émancipation nationale de 1960. Il s'agissait d'un gars jaloux qui noyait sa jeune maîtresse, une actrice, dans la piscine d'un producteur-crésus. Ce triste Hamlet en était euphorique, soulagé. Les dessins illustraient cette furie. Le tueur se cachait partout, volait, assommait, égorgeait tout en tentant de se réfugier chez un pomiculteur des Basses-Laurentides où il avait goûté, avant sa faute, à un peu de paradis-terrestre. À la fin, ce Père-Dieu-Sauveur le livre à la police. Alors l'assassin égorge ce faux-père, ce faux protecteur, et fait face à la meute policière accourue. Cet album m'apporta un peu de notoriété et me valut ce job de caricaturiste permanent au quotidien des gauchistes.

J'avais cinquante-cinq ans. Je m'étais enfin libéré. J'allais créer librement. Je ne cessais pas de regarder ces premiers carreaux de l'album des six jours de la création. J'arrivais mal à trouver les bons mots pour remplir mes phylactères. On voyait donc, au début, mon héros dans sa misérable taverne avec ses compagnons d'ivrognerie. Puis il part s'engager comme peintre d'enseigne, à Pointe-Calumet, pour ce projet paradisiaque de casino-marina et le reste. Il est décidé à recommencer sa vie. D'abord, on apprend que son meilleur ami, Patrick, son colocataire, a été trouvé mort. Pendu! Il en est très secoué! C'est un avertissement! Il abandonne le logis au placard de pendu et la taverne de ses habitudes, tout. Le goût de changer de vie quoi. L'histoire d'un rêveur, romanichel vieillissant, velléitaire, un peu drogué, buveur effréné, attendant vainement la gloire; du moins un peu de succès. Un pauvre type qui se prend pour Rouault, Van Gogh, Modigliani. Il croyait qu'on viendrait le chercher dans sa taverne de la rue Guy. Une éponge, survivant d'expédients. Les petits jobs humiliants. Il a une vieille bagnole, une coccinelle rouge toute rouillée. Il rompt. Il part. Il a lu une petite annonce! Pointe-Calumet, c'est le retour vers son passé, jeunesse heureuse et enfance innocente. Il va vers une femme, amour de jeunesse qu'il a trahi. Dès la première page de bandes au Royal Pub de la rue Guy, on voit un drôle de bonhomme. Un homme étrange avec une peau comme écaillée. C'est un souvenir. Celui d'un baigneur du lac des Deux-Montagnes. Il avait dix ans et on chuchotait que c'était un cas rare, un sur un million. C'était l'ichtyose. Une maladie génétique incurable. Je tenais à ajouter cet homme-serpent dans ma bande dessinée. Ce serait, au beau milieu du projet paradisiaque, l'évident symbole du tentateur. J'étais libéré du boulot quotidien et pourtant au bord du découragement; avais-je vu trop grand? Avais-je le talent de réinventer la Genèse en b.d.? Je recommençais mes dessins, mais c'est le récit qui se composait mal. J'avais lu, par désœuvrement, le récit d'une vendeuse hors du commun qui débute dans le *tupperware* et finit à la tête d'une formidable organisation para religieuse. Alors je songeais à faire du serpent une super femme. En dessinant cet être ambigu, sorte d'homme-serpent, je me sentis replongé dans les *comic books* de mon enfance, pleins des Superman, Spiderman, Batman, de femme-panthère aussi. Je voyais mon serpent habitant une fausse cabane au beau milieu d'un immense pommier sauvage du parc étatisé; le Paul-Sauvé. Je balançais. J'hésitais entre un récit clair, net, moral et un récit où je ne résisterais plus à incorporer tout ce que j'avais lu dans les années 70 sur l'ésotérisme et la parapsychologie. À dix-huit ans, un Belge des beaux-arts m'avait fait lire *Les grands initiés* d'Édouard Shuré. Après cette lecture, j'étais piqué et je n'ai plus jamais résisté à ces lectures occultistes. Effrayant de découvrir un jour que vous vous êtes toujours trompé sur vous-même, que vous n'avez pas les capacités voulues pour, enfin libre, réaliser vos ambitions de jeunesse. Je craignais la dépression. Pourquoi, me disais-je, avoir quitté cet emploi quotidien pour tâtonner, errer, divaguer, chercher continuellement la façon de faire. Je me mettais à genoux parfois et je priais: «Donnez-moi, Père tout-puissant, créateur du ciel et de la terre, le talent nécessaire pour achever cet album des albums, ce récit singulier, donnez-moi l'imagination extraordinaire pour incarner sur papier cet homme-poisson, ce paradis informatisé, ces odieux jeunes miliciens, cette population révoltée, cet éden projeté, ces Mohawks d'Oka amalgamés et ces écolos-nazis.» Je priais tous mes défunts : «Aidez-moi à inventer cet éden éternel.» J'en étais rendu à fourrer n'importe quoi dans cet album. Le vieil hôtel Château-du-Lac de la famille La Chapelle, le dancing du bègue Fernand Ouellette, l'auberge clandestine des Beauregard et le belge baron hitlérien d'Oka en 1935 avec les sulpiciens de mèche, l'immobilière des pégrieux au nom de la Sainte-Vierge, le bordel des Lauzon, le Mont-Éléphant avec le gardien-poète Gaston Miron, oui, n'importe quoi, tous mes souvenirs, pêle-mêle ; bientôt, l'album en gestation était celui d'un aliéné mental. Il m'arrivait de tout jeter à la poubelle. Le lendemain, j'essayais encore. Ou bien je restais des jours entiers immobilisé à ma table à dessin à attendre une lumière divine. Parfois je me disais : «Qui veux-tu donc épater?» ou «Pourquoi vouloir un tel album?» ou encore : «Personne ne te commande un surpassement. Reviens donc à ta manière habituelle.» Je m'éparpillais. Danger pour une b.d. Il faut y être clair. Sobre. Si on veut faire dans le fantastique, l'onirisme, il faut du contrôle. Plus le visuel règne, débridé, plus il faut un scénario clair. Hélas, je débordais. Cela devenait d'un sale baroquisme. Facile. Avec ce projet d'album, je comprenais enfin mon échec. Je n'ai jamais pu faire carrière de peintre, plus jeune, je changeais de manière de tableau en tableau, une manie impardonnable. J'étais incapable de creuser, d'aller au bout d'un domaine, d'étudier à fond une façon de s'exprimer. La peur de m'ennuyer? L'éditeur de mon premier album n'en revenait pas quand je lui avais apporté une histoire, ma deuxième, de non-héros, de non-agissant, d'un inverti sexuel indécis et dominé, le contraire de mon actif meurtrier du premier album. Il refusa ce *Délivrez-nous du mal.* Un deuxième éditeur, lui, amateur de personnage falot et impuissant, refusa mon troisième album illustrant la cavalcade à New York d'*Ethel et le terroriste.* Ces premiers essais eurent du succès mais mon grand rêve secret, c'était l'art de peindre. Je rêvais, je me disais : «Je vais d'abord me sortir de la pauvreté, de l'insécurité, mais ce sera finalement d'habiles et efficaces petits albums pour divertir les amateurs. Je pourrais ensuite me livrer entièrement à la peinture. J'égalerais Riopelle. J'aurais plusieurs a-teliers, un à Paris, un autre à New York. Fini de remplir de gouache des suites de petits carrés à la queue leu leu. Mais la vie passe, et le rêve se fait tout petit. Vos enfants grandissent et vous avez peur pour eux. Ils partent ensuite aux quatre horizons, aux quatre vents. Un jour, un coup de fil vous oblige à aller identifier une morte dans son bain de sang!

Pendant que je cherchais une issue pour l'album inachevé, je pensais souvent à Denise. À son père chômeur, instable, à sa jeune mère déjà épuisée, à sa famille s'installant, en 1935, dans l'Abitibi des commencements. À leur faillite. À leur retour à Montréal, la misère en 1936. À Denise, enfant pauvre, qu'on bat à son école de la rue De La Roche pour mauvaise hygiène, saleté, quand il n'y a plus d'eau courante dans le logis précaire au loyer impayé. À cette Denise sauvée par une vieille dame de la rue Saint-Hubert, la mère Audet qui, gratuitement, lui enseignera des rudiments d'art dramatique. Un peu sauvée. Entre deux spectacles d'amateurs, la misère rencontre la pauvreté. En mal de tendresse, elle et moi, deux orphelins se sont reconnus. Comme tous les enfants de ce pays chétif, en quête d'un peu d'affection, nous nous jetions dans des unions improvisées. Échapper à la noirceur à tout prix. La vie passe vite.

Je boude l'album. Je le jette. Je le ramasse. Je l'oublie. J'en sue un coup. J'ai oublié à jamais la peinture. Le rêve impossible. La voie royale et peu fréquentée. Je veux plutôt frapper un grand coup, par le populaire chemin de la b.d. Je voulais prouver qu'on peut pondre un objet d'art par ce médium méprisé. Le ferai-je? Je me le promets. Je me fouette. J'avance de quelques carreaux puis je me décourage. Jeu du serpent et de l'échelle. Le temps fuit. J'aurai bientôt soixante ans. Il sera trop tard. Ce chiffre : 60. J'en ai peur. Je veux dépasser mes ouvrages d'avant. J'avais fait plusieurs essais de dépassement. Par exemple, cette histoire d'un garçon élevé par les loups dans une forêt du Maine. Nous lisions des bandes «made in Paris» dans les années soixante-dix. Ça avait des allures avant-gardistes. Vouloir les égaler. J'avais mélangé la chronologie de mon récit pour faire plus moderne. J'y étais allé par des coups de sonde, *back and forth*, dans le récit. La course à l'originalité. Bonne critique, petit public, aimable recension, lectorat confidentiel, mon éditeur déçu, moi aussi. J'avais pourtant bûché fort sur ce *Loup de Brunswick City*. Je sortais d'une crise socialisante; avant cet «enfant-loup», j'avais pondu une b.d. conciliante ouvriériste. *Pleure pas Germaine* était le voyage-fuite, fréquent dans mes albums, fuite d'un chômeur mal instruit, buveur mais toujours amoureux de sa candide Germaine! Malgré patois et jargon, ça avait marché très fort en dépit des critiques plutôt cuistres ayant levé le nez sur ce populisme. En ce temps-là, 1965, l'élite se méfiait de l'argot du pauvre. Je vois encore cet album dans les vitrines des librairies, le dessin était simple, les couleurs livides, la couleur de la vie mesquine. Quand j'y songe maintenant, je vois bien qu'il est mal vu et même périlleux pour un bédéiste, comme pour un romancier, de changer continuellement de manière. Avec *Le serpent dans le pommier*, mon titre de travail, je vois grand. Si j'achève cet album, ce sera un four ou un fort succès. J'ai décidé de casser des habitudes, d'oser y jeter des éclaboussures de couleurs violentes, ultra saturées et giclantes. Les dessins baveront parfois dans les carreaux voisins. Il y aura des notes ajoutées, des «a parte», griffonnées dans tous les coins des pages. Je veux créer un «visuel transportable» absolument hors du commun de la b.d. Je relis souvent le bref premier passage de la Genèse. Six jours. Il y aura donc six sections. Six jeux de couleurs selon le jour concerné. Parfois, je m'emballe, je m'excite. Je me dis, les bons jours, qu'on parlera de cet album sur tous les continents. Je ne sais plus combien de fois j'ai éprouvé ainsi, dans le passé, de ces crises d'enthousiasme. Tous les pondeurs d'art connaissent bien ces phases d'exubérance. Les créateurs de tout acabit sont des enfants. Ils s'amusent. Refont le monde, assis au rivage de mers de pacotille. Puis la marée des réalités s'amène et détruit ces châteaux. L'enfant, l'artiste, recommence un peu plus loin, ne se décourage pas. Et maintenant, enfin j'ai du temps. Mais j'ai vieilli. J'ai des doutes pour chaque trait, pour chaque phylactère, hélas.

Je m'ennuie souvent. Rachel a gardé son job. Je la vois moins. Nous allions luncher ensemble presque tous les jours. Elle travaillait au centre-ville, elle aussi, dans cette maison de production de documentaires. Elle y est toujours. Elle est monteuse. Directrice du service de montage. « C'est la meilleure », me répète-t-on. Elle a gagné des prix prestigieux. Je l'aime et je m'ennuie de nos midis d'antan. Je souffre de toutes ces heures de séparation depuis ma retraite antici-pée. Elle part tôt le matin, revient souvent fourbue. J'ai enfin appris à cuisiner. Un peu. Des pâtes sur-tout. Des viandes simples. Facile. Ça me distrait, je voudrais vieillir en beauté. Je m'y exerce. Je suis dé-formé par mon ex-métier d'observateur critique et les actualités me révoltent encore, m'indignent. Je devrais être plus léger depuis que je me suis enfin débarrassé de ce labeur de forçat. C'était un sacré joug. Toujours trouver, avant minuit, une bonne idée de charge graphique. Mais, malgré tant de griefs, il y avait les camarades, les échanges badins. Un boulot, c'est un rôle social. Ce travail me donnait prise sur le réel, m'aidait à éloigner une certaine schizophrénie. J'arrive à me dénicher des petits contrats depuis deux ans. Une illustration pour un magazine sati-rique. Un petit dessin pour une feuille syndicale. Des culs-de-lampe pour un livre de poèmes, des vignettes pour une revue spécialisée. De tout. Récemment un jeu de caricatures, une murale, pour le hall d'une brasserie ; le temps passe plus vite. Je me ramasse des sous. Ça m'aide, je l'avoue, à échapper à mon projet d'album extraordinaire. La pension du journal va pas chercher loin. J'avais refusé de cotiser au début, j'étais un «artiste». Un artiste n'a pas à prévoir une pension. Jeune, je me disais que je n'allais pas moisir dans cette boîte. Un créateur de génie comme moi n'allait pas s'abaisser longtemps à un job salarié. Con! J'y suis resté trente ans! Résultat : une pension de pauvre. Je me débrouille. Et cet album en gestation, ce *work in progress*, ne sera-t-il pas un chef-d'œuvre traduit en dix langues, vendu dans vingt pays? Est-ce que je crèverai en sale rêveur? En mégalo pathétique? Il y a longtemps que je cherche à publier le livre qui me libérerait de tout. Un peu après 1970, j'avais fini par peindre un album sur mon enfance, avec des dessins candides sur les petits métiers, pendant les années 30 et 40 dans mon quartier populaire. Je voulais prouver qu'un régionalisme pouvait être d'intérêt universel. J'en avais assez de flirter avec le *beatnik* à l'américaine, le *road story*, le Kérouac de la b.d. Les Melville, les Kipling (mon enfant-loup). Non, cette fois, je m'étais dit qu'avec naïveté, simplicité et un tout petit sujet, des décors résolument locaux, mon quartier Villeray, j'arriverais à illustrer toute la poésie de l'enfant qui grandit, qui découvre le monde, qui joue, qui rêve, qui fête. Cet album sur l'enfance modeste d'un Montréalais, je le destinais à un éditeur d'Europe. Ou bien, me disais-je, je remplirai les ballons en langue américaine et hop, un colis chez les grands à New York. Comme je me trimbalais avec l'album nouveau-né, un éditeur d'ici me demande ce que je fais de bon, ce que je fais de neuf, me laisse entendre qu'il aime mon style. Faible, trop sensible aux compliments, prêt à oublier mes ambitions internationales, je lui sors l'album sur ma *Petite patrie*. Il saute dessus. C'était sans prétention, c'était nostalgique, la mode rétro battait son plein, grand succès populaire. Évidemment, aucun écho à l'étranger. Ainsi, j'ai fureté dans tous les genres, guettant le bon filon, une voie vers la reconnaissance universelle. Nous sommes à peu près tous de cette naïve farine en créant une chanson ou un roman. Juste avant la création de ces images bon enfant, j'ai illustré un album parahistorique sur la naissance d'un village du côté de la rivière l'Assomption. Plus tard, vers 1980, j'ai raconté un été dans une *Sablière* de Pointe-Calumet. J'avais mis du réel et du fictif, j'avais mis aussi un enfant retardé et je savais de quoi je parlais. De temps à autre, je gagnais des prix, j'obtenais parfois des recensions dithyrambiques. Je gardais, en secret, cette ambition : créer un jour un album unique. C'est cet album, *Le serpent sous le pommier* que je traîne partout, qui me tue, que je n'arrive pas à concrétiser. Je ne sais pas ce qui manque. Une voix méchante me nargue : le talent. Dans ces moments-là, je plaquerais tout. Je partirais avec un bloc à dessins, je ferais des images commanditées, docile tâcheron, servile publiciste, au Maroc ou en Thaïlande. Mais il y a elle, mon amour. Ma Rachel. La femme de ma vie. Je ne pars pas. Je n'irais nulle part sans elle. Donc, je reste. Je m'incruste. Je continue avec tous les autres, ici, entouré de l'intolérance au français. Je reste avec les miens, fragiles, victimes d'un racisme diffus, discret. Nous essayons toujours la Nouvelle-France en Amérique-la-résistante, le refus est continental, d'un océan à l'autre, le refus du français d'Amérique est partout, et, plus grave, cette intolérance anglo-saxonne nous fait vivre une sorte de racisme inverti, les miens se convainquent alors que ce sont eux les intolérants.

Je me secoue ces temps-ci. Je prends des décisions. J'installe mon serpent humanoïde plus solidement. Au clair de lune, il se baigne près d'une ruine qui flotte au large de la baie. Oh! le beau carreau colorié! C'est le vieil hôtel Château-du-lac. Je dessine plus clairement le lâcheur, moi. Ce lâche, cet ivrogne velléitaire — ce que j'aurais pu devenir à vingt ans —, à l'orée de ses quarante ans, se fait donc embaucher par les sbires de ce pdg à peau de serpent. Adam. Il voit les prospectus d'un monde nouveau. Autour de lui, je dessinerai des échafaudages. Partout. Six jours de labeur, cet album des six jours à badigeonner, complice inquiet. À la fin, on verra, avec fanfares, le grand jour de l'inauguration de l'Éden nouveau. Pleines pages, pleines couleurs. Dimanche, le septième jour. Cet Adam inventé portait mes initiales comme je faisais souvent. Tout autour de lui, dans un Pointe-Calumet en effervescence, mon ivrogne repenti se voyait cerné par la méfiance des petites gens trop souvent abusées. Aussi par des environnementalistes déboussolés. Les prophètes de malheur inévitables. Les grises mines. Les chevaliers à longue figure. Les constipés, les réalistes, les méfiants, les immobilisateurs, les éteignoirs de tout acabit. Je voulais, avec cet album, clamer ma foi dans l'action. Le héros tiraillé durant six jours retrouvait son passé. La femme quittée, sa fille, son fils aussi, sa famille. Ce qu'il en restait. Mais tous le rejetaient. Sa fille surtout. Ils refusaient de croire à sa conversion. On le fuyait. On se méfiait de lui, on l'accusait de pactiser avec le diable, avec le serpent dans son pommier. Je voulais, de dessin en dessin, faire voir la cruauté du monde et la beauté de la vieille promesse paradisiaque. Je posais la question : veut-on vraiment être heureux, et faire face à l'arbre des premiers parents? J'avais déjà quelques planches avec cette milice de néo-nazis, formée de puants réactionnaires, jaloux du complexe projeté : hôtel-casino-marina, etc. Un jour, me voyant retomber dans un album à idéologie, je me maudissais. Un autre jour, je me rassurais. J'étais un nouveau «renaissant». Un Kafka. Un Conrad. Un Lorenz. Un Goethe. Un Nietzsche de la b.d. Un inventeur, oui, digne de Dante. Je dessinais le vrai visage de Méphisto! Bravo! D'autre part, mon album se lirait à plusieurs niveaux. Les mythes éternels, mais aussi la Trappe d'Oka, aujourd'hui la réserve indienne d'Oka, le calvaire sulpicien sur la montagne, le quai et ses navettes au pied de l'église d'Oka, j'étudiais une carte détaillée du parc Paul-Sauvé. Mes grandes pages rendaient gloire à Dieu, à la nature, au monde animal et végétal. La Genèse. Luxuriant! Je plaquais des mots durs dans les bulles, par exemple, le cruel refus de la femme quittée, de la fille abandonnée, du fils aussi. À fond de train. Le remords le crucifiait, mon barbouilleur de placards, le tenait éveillé la nuit, dans les chambres du Château-du-lac ruiné, il veillait, flottant, insomniaque, comme une épave de son passé de buveur égocentrique. Un drôle d'album. J'en avais peur. C'était trop plein. Trop chargé. Je sentais venir ma mort ou quoi?

Il m'arrive encore aujourd'hui de grands moments de lassitude. Je me retiens de tout détruire. Je cours cacher à la cave cet album de fou. J'en ai honte. Qu'est-ce donc que je tentais de faire? Un album qui serait l'histoire du monde en résumé. Très résumé. Un ordonnateur s'amène. Il veut nous sortir de la noirceur. Le créateur établit les règnes minéral, végétal, animal. Puis il allume : bing, bang! Il crée la lumière. Le soleil. Un vrai beau conte de fée. Ça commence tellement bien dans la Bible. Un Dieu généreux. Mais ça va vite se gâter. Des morts. Mes morts. Des fascistes. Ma milice du baron Dempain. Des fanas en chemise rose, brassard turquoise. Dans ce parc magnifique, Paul-Sauvé, au pied du vieux calvaire, est tapi ce serpent-créateur dans son arbre. L'antique pommier sauvage géant. Un Christ a mille visages. Oh! ce sauveur! J'hésitais. Ce serait donc la connaissance. Le serpent du paradis et le pommier premier. Adam recommence, il court après une Ève qu'il a bafouée. Ô culpabilité! Quand j'étais en panne, je pondais des dessins libres. Des pommiers en fleurs. Souvenir. Tous les vergers dans les rangs des collines au-dessus de Pointe-Calumet. J'y allais, en vélo, j'étais ravi, émerveillé. L'été, c'est là, à quinze ans, que j'ai découvert la beauté du monde, pas dans Villeray. Dans l'album en gestation, je ramenais ces visions de mon adolescence. La campagne du comté des Deux-Montagnes, de Saint-Eustache à Saint-Placide, m'avait été une révélation. L'album intégrait tout. Mon jeune frère Raymond dans la pelle mécanique hors d'usage, à la sablière abandonnée. Les brochets géants en frayère dans la grande baie. Les rochers mousseux à fleur d'eau. Les millions de ménés, le matin, dans les herbiers ployés sous le vent. La cloche des trappistes. Mes cachettes d'amoureux avec la sauvagesse de la pinède dans une chapelle chaulée du Calvaire au-dessus du Baronnet Hôtel des sœurs Bernier. J'inventai donc cet être, sirène ou serpent, dragon ou crocodile humain à peau d'écailles, grand crapet-soleil sous la lune entourée de gardiens, anges et démons. Michel-Archange et Lucifer. Je sentais de plus en plus souvent que cet album ne s'achèverait jamais. C'était au-dessus de mes pauvres moyens. J'avais vu trop grand. J'avais eu tort de vouloir greffer à de simples souvenirs d'adolescence tout un caravansérail biblique. Je téléphonais à papa plus souvent. Je criais. Il devenait très sourd. Et aveugle d'un œil. J'étais désolé pour lui. Il avait du mal à parler. La gorge pourrie. Il se concoctait des remèdes et refusait mon aide ou la visite d'un médecin. Alors, dans l'album, je l'ai tué. Il était mort. Je m'évertuais, certains jours, à continuer comme si je voulais me « tuer à l'ouvrage ». Je me répétais : « abandonne ». Mais pourquoi s'échiner quand personne ne nous a rien demandé? C'était, ces efforts, le besoin de répondre à un enfant rêveur qui s'était promis un destin important : on ne peut pas trahir l'enfant qu'on a été ! Je croisais mes sœurs, ici et là. Toutes, elles m'avertissaient : « Papa va mourir. » Elles s'énervaient. Moi je disais : « Lui? Papa? Pas tuable ! Il va vivre jusqu'à cent ans ! » Mon frère Raymond s'inquiétait davantage : « Il a maigri. Il est seul rue Saint-Denis. Il se nourrit si mal. Clément, il faut agir. » Je haussais les épaules, papa allait tous les enterrer !

C'est fini l'album-des-albums. Pour un temps. On vient de m'engager, une sorte de talk-show à la télé. Assez banal. Fin de l'album maudit. Mise de côté. Un projet en sommeil. Nouvelle prison? Oui. Chaque soir, à l'heure de la soupe. Je dois produire des dessins humoristiques, sur les actualités du jour, aussi sur les artistes invités en studio de la «chère et jolie» animatrice.

Je redeviens caricaturiste du quotidien. L'argent rentre enfin. Il m'arrivait, parfois, de prendre de l'argent dans le sac de mon amour. Je m'en excusais. Rachel rigolait. C'est la prison de nouveau? Oui! Le boulot régulier. Une routine bientôt. Des nouveaux camarades. Il y a cela de bon. La solitude m'effraie? Réunion de production chaque jour à l'heure du lunch. Caucus. C'est joyeux. Ça me rajeunit ces séances avec tant de cadettes et cadets. Adieu l'album avec le beau serpent humanoïde dans l'eau de la Grande Baie de Pointe-Calumet. Adieu, vaste projet! Adieu, ma tribu énervée, dans l'album, qui organisait une marche de protestation dans les avenues aux ex-chalets convertis en maisons quatre-saisons. Je me disais qu'un jour, de nouveau libre, je m'y remettrais. Au fond, j'étais débarrassé. Je n'avais plus à chercher une fin époustouflante. D'ailleurs, ce n'était pas mon premier ouvrage abandonné, mes héritiers le découvriront un jour. Tous les pondeurs du monde l'affirment: nous sommes submergés d'avortons, de mort-nés. Surtout par ici, où nous avons été élevés, dressés à n'avoir pas confiance en nous, à nous blâmer pour tout et pour rien, à nous mépriser, à nous cracher dessus, colons colonisés, nègres blancs septentrionaux, prêchés pour nous excuser d'exister. À nous nier. Pour nous ensevelir vivant dans une culpabilité niaise, démente et suicidaire. Un jour, et ça vient, la macabre hérédité historique se cassera, je le sens. La réalité, c'est, soudain, la voix de mon frère au téléphone. «Ça y est, mon vieux! Il va mourir d'une minute à l'autre, vient de me dire le docteur.» Il est midi! Coup de fil au studio. Je ne serai pas à la réunion de production. Papa est sur son lit de mort à l'hôpital Jean-Talon. Il ne faut pas qu'il parte. Il y a trop de choses mal réglées entre nous. C'est mai. C'est si beau. Beau comme mai. Et il y a un mourant qui attend, c'est quelqu'un que j'ai toujours appelé, papa.

TOMBEAU II

Louis est mort. Il fourmillait de vivacité pourtant, malgré une santé précaire. Il habitait en face. Il voulait rédiger du feuilleton pour la télé. On dirait que c'est devenu la lubie de tous les scribes du territoire, non ? Une histoire du monde de la boxe. En me voyant m'installer, rue Durocher, il m'avait fait signe. Il avait été journaliste ici et là, puis, en fin de carrière, fonctionnaire important et exotique du temps des « nationaleux » du grand ami du général de Gaulle, Daniel Johnson. Louis était un bizarre oiseau de nuit, un hibou, et il passait pour un redoutable qui cachait des secrets dans des calepins méchants. Il s'agitait constamment, le verbe haut, la tête pleine de songeries creuses. Il arrivait mal à s'ajuster avec les gens d'ici. Il déambulait, fantomatique, derrière ses sempiternelles lunettes fumées, son large chapeau, son manteau sombre, l'air d'un Zorro, d'un Dracula, d'un Batman sans sa cape. Il parlait fort et haut quand on se croisait au coin des rues. Il avait, comme l'ami Rudel, du panache. À l'écouter, on pouvait croire qu'il nourrissait un mépris total pour le Québec, pour les gens d'ici, pour Montréal, pour tout le monde. Il disait : « Tous des ignares,

51

une nation de poltrons satisfaits, un peuple sans mémoire et sans fierté. » Dans son austère bureau à tentures pesantes, café après café, entouré de ses chers bouquins, il m'engueulait cyniquement quand je tentais de l'embarquer dans ma chaloupe du patriotisme. À mieux le connaître pourtant, j'avais vite compris qu'il vitupérait farouchement contre les nôtres dans l'espoir de provoquer, de voir surgir un miracle, un élan surprenant vers plus de culture, plus de rigueur. L'homme était ancien et attachant. Récemment, il avait exigé que nous allions luncher ensemble : « *Tu pourrais me conseiller un peu en raison de tes expériences d'adaptations télévisées de tes albums.* » Il m'avait donné deux douzaines de feuillets à la terrasse de *La Moulerie.* Écriture à la main, nerveuse, toute tassée, illisible comme ordonnance d'apothicaire! C'était non pas un scénario ni même un synopsis, mais plutôt des notes éparses formant une sorte de bible sur le milieu relativement terrifiant des boxeurs et de leurs promoteurs. Un discours? Une annonce de ce qu'il pourrait pondre. Je n'osais pas traverser la rue, après lecture, pour lui expliquer que ce genre d'écrit était inutile et qu'aucun télédiffuseur ou producteur n'en voudrait. Je n'osais pas. Je sentais qu'il ne souhaitait pas s'atteler vraiment.

Inutile. La voix au téléphone : « *Tu l'as pas su? Ton voisin, Chantilly? Mort!* » C'était la voix de mon éditeur du temps, Yvon. Louis, mort? Je détestais ça. Elle se rapprochait, la faucheuse, il me semble. On affiche un visage contrit, mais, au fond, on a moins de peine que de peur. J'aurais voulu fuir. M'éloigner d'une telle hypocrisie... Louis, si dynamique, malade mais si énergique ! Je suis crétin. Je suis un bêta qui n'ose passer sous une échelle, qui détourne les yeux quand le chat noir traverse sous mon regard, qui fait un discret signe de croix au-dessus du miroir en miettes. Je rageais. Louis était râleur, mais si attachant en mysanthrope et si vivant malgré ses allures de croque-mort littéraire. Je l'avais aimé tout de suite. Furibond. Souvent indigné. C'était un fou qui me convenait tant. Il m'était une figure emblématique, celle d'un doux cinglé, d'un faux rescapé d'un monde à fantasmes, inexistant en fait. Il allait fréquemment à Paris, dans Saint-Germain, il prenait audacieusement des rendez-vous avec les Célèbres du Quartier Latin. Il avait même réussi à interviewer le sauvage Cioran. Il me montrait la précieuse cassette dans son bureau de bohème ostentatoire à l'étage de son cottage. Il était comme neurasthénique, il aurait voulu vivre à Paris après la guerre, à l'époque des caves existentialistes. Il me l'avait dit. En colonisé inconscient, réfugié dans des légendes embellies. Il rêvait sa vie. Il embellissait ce temps du jazz et des combats d'idées. Il aurait été fou de bonheur s'il avait pu être du groupe des « afficionados » du couple Beauvoir-Sartre. Pauvre Louis, jamais satisfait, même après avoir fait publier sa série d'entrevues avec les notoriétés de Paris-livres. C'est son ami, Yvon, avec qui il s'engueulait régulièrement, qui m'avait prévenu : « Louis est très *gravement malade! Il doit bientôt se faire ouvrir une fois de plus.» Lui qui ne buvait plus que de l'eau et du lait payait très cher pour ses nuitées de jadis, bien trempées d'alcool, ses soirées d'imbibation éthylique quand il s'épuisait à discourir sur la vie artificielle, c'est-à-dire celle de la littérature du «jet set» très parisien.*

Surprise sournoise, Yvon, lui-même, qui avait édité une grande part de mes albums, allait imiter son intempestif engueuleur, Louis. Deux morts! C'était de mauvais présage. Le voisin d'en face qui sort un matin les pieds devant et pas longtemps a- près, mon éditeur, Dubé, qui fait le couac rimbaldien. Oui, vraiment, la Camargue était dans ma cour et dans mon jardin. J'en suais un coup. Au paradis, le vrai, pas celui de mon «Serpent-entrepreneur», je sais bien qu'il y a désormais, dans un recoin perdu, un décor genre «Les deux magots»; deux fous de littérature qui jasent ad infinitum... Et qui m'attendent peut-être? Suis pas pressé les gars.

TROISIÈME JOURNÉE

LA MORT DU PÈRE

C'est la fin. Pour lui. Ce drôle de pater familial! L'ai-je aimé? Comment savoir? Il sort la langue. Il bouge les yeux sans arrêt. Il a peur? Il grimace. Mon frère a pris un petit congé, il avait faim, il veut aussi faire des appels téléphoniques à nos sœurs. Papa ouvre grand, démesurément, les yeux. Est-ce le noir envahissant dont on parle à l'heure de la mort? Me reconnaît-il? Je reste figé et muet. C'est vraiment la fin? Un homme s'en va, qui vous a vu naître, qui vous a vu grandir, changer, vieillir. Et on ne dit rien. Tous nos désaccords ne pèsent plus bien lourd à l'heure de l'éternelle séparation. Il me fait signe qu'il a soif. Je sonne pour une infirmière. Elle prendra une poire. Très calme. L'habitude de l'agonie. Elle m'explique comment utiliser la poire. Papa est laid. Il panique je crois. Il a les yeux d'un homme absolument effrayé. Cet homme archi-pieux, ultra croyant et pratiquant a peur? Incroyable. Je lui parle de sa foi, de ses leçons de morale, de ses croyances, de l'espérance du paradis. Il me dit d'une voix caverneuse: «C'est que... il y a que... il y a que je sais pas ce que c'est! On meurt jamais dans la vie.» Meurs maintenant papa. Ne traîne pas. Comment voir clair? Je me secoue. J'ai honte de mon détachement. Je me répète : «Tu ne le verras plus. Il va mourir!» Cet homme m'a enseigné les lettres et les chiffres avant que j'entre à l'école. J'étais le premier garçon de la famille. Favoritisme? Papa ne savait pas du tout comment être papa. Son père meurt d'une péritonite quand lui n'a pas cinq ans. Il n'a pas vu ça, un vrai père. Je songe à mes reproches depuis si longtemps. J'avais un père couard, mou, faible, je l'ai caricaturé souvent. Cet homme à la pipe, au feutre mou, que je ramenais une ou deux fois par mois dans mes vignettes au journal, mes sœurs le savaient, c'était lui. Adolescent, je le détestais. Pire, j'en avais honte. Un dévot. Une grenouille de bénitier, un rongeur de balustre. Un tel père empoisonne l'esprit d'un adolescent de 1940. Il va s'en aller. Il m'a demandé en soufflant comme un vieil engin : «Ce que j'aimerais... Si tu pouvais... une tablette de chocolat. Noir. Très noir. J'ai toujours aimé ça.» La commande me délivre de cette longue attente. Je pars. Je sors de la chambre. Il ne faut pas qu'il «couaque» avant que je revienne. La rue Jean-Talon ce midi de fin de mai, folle de lumière vive, de bruits, de vie, là-haut, l'homme de ma jeunesse va mourir. Le trafic. Un homme en robe de chambre erre, deux policiers s'en emparent. Il voulait échapper à qui, à quoi? Un coin de rue à l'est, l'enseigne d'un dépanneur. J'y vole. Entresol encombré. Vite. Chocolat noir, je me souviens maintenant, la marque Rowntree. Jeune, je l'aimais aussi, cette tablette en carrés, une lettre du mot Rowntree gravée dans chaque carré. Le marchand en a. Vite, y retourner. Bon petit garçon à son papa. Courir encore. Un grand enfant fait une dernière commission pour son bon papa. Mes larmes. Papa est content. Il se calme. Ses larmes. Je refoule les miennes. Pas des braillards, les Jaspin. Pas de lamentations. La vieille pudeur masculine. La sordide. La connasse. Soudain, il crache le chocolat. Grimace de nouveau. Il respire bruyamment. Il me jette un regard sévère. Si sévère! Lui le doux, le bon, le patient, le pieux, le saint. Quoi? Qu'est-ce que j'ai fait? Qu'a-t-il donc soudain à me reprocher. Je l'ai déçu. C'est sûr. Déjà à douze ans, il abandonnait en maugréant son idée de me voir devenir prêtre, missionnaire comme l'aîné des Jaspin, revenu mourir ici après des décennies en Chine et aux Philippines. C'était non! Je refusais. Maintenant, il marmonne. Je n'existe pas. Ses yeux chavirent. Je suis mal. Je ne veux pas qu'il souffre. Sa mort m'a rapetissé. J'ai dix ans et mon père a mal. Il se plaint. Il râle. Il a soif. Une soif inextinguible. C'est un Jésus-vieillard sur une croix. Papa est un crucifix. Je le regarde, impuissant. Je sonne, on entre, une garde. Elle sort. Une autre s'amène. L'impuissance des infirmières. Du médecin. Il l'examine. Le palpe. Il va se retirer. Je n'existe pas ici. Comme un jeu factice. On n'y peut plus rien. Personne. Dans mon album interrompu, j'avais donc éliminé papa. J'arrive mal à m'expliquer pourquoi. Il y avait Lucie, ma deuxième mère, l'aînée. J'avais mis dans une bulle, en lettres grasses: «T'es même pas venu visiter papa dans son cercueil?» C'est que mon alter ego, le héros infâme, avait tout renié. Pas de lien. Aucun. La liberté d'une bête sauvage. Il s'était cru une destinée exceptionnelle. Buvant du matin jusqu'au soir, au «Royal pub», il attendait le miracle.

C'est alors que l'album partait : Patrick pendu dans son placard, la secousse et son départ de la taverne. Ce vingt-neuf mai 1987, il n'y avait plus que ça : papa va mourir. Il portait un œil de pirate. Il parlait à peine. La gorge infectée. Cet œil bouché et cette voix d'outre-tombe. On en avait peur. Dix jours plus tôt, Raymond avait réussi à le convaincre d'aller à la clinique de l'hôpital. Il lui avait dit : «Un petit examen. Un sirop pour la gorge. Des gouttes pour ton œil.» Incroyable, papa avait accepté, lui qui n'avait pas vu un médecin de toute sa vie. Il va mourir. Ils l'ont tué. Moi aussi, je me méfie des docteurs. Ils l'ont d'abord examiné. Femme docteur, jeune, belle, le doigt ganté. Le rectum. Les fatales couleurs. Le cancer. Partout! En dix jours, ils l'ont tué. C'est fini. Bientôt je n'aurai plus de père. Pourquoi cette douleur au creux du ventre? À mon âge, pas besoin d'un papa! Il y a des images qui passent. Le sempiternel écran-aux-souvenirs s'illumine. La bonne lumière de l'enfance. Le tram sur la montagne. Un dimanche. Un cornet de frites. Mes doigts graisseux. Une limonade. La grosse main de papa sur la mienne. Le bonheur! Autre séquence : le champ chez sa vieille maman, une Prudhomme, à Laval-des-Rapides, entre la voie ferrée et un couvent pour délinquantes. Champ de maïs. Le vent dans les épis. Le soleil descendant au-dessus de Saint-Martin. Papa et ses oncles et le grand-père, des hommes en noir, qui gueulent. Les bonnes odeurs de la terre en septembre. Le pommier géant dans le trécarré. Mes cousins m'appellent. Ils ont un ballon. Je refuse. Je préfère la rude présence des oncles cultivateurs, leurs fortes odeurs de tabac. Ils tiennent leur

chapeau de paille, le vent se renforce. Je me sens
protégé par leurs grosses voix d'hommes des champs.
Je me sens comme dans une image gravée de mon
manuel d'histoire sainte avec cet Isaac Jaspin, laitier
de Saint-Laurent, cet Abraham Jaspin, maraîcher de
père en fils depuis 1715. Je suis un enfant qui s'enra-
cine. J'ai une histoire. L'écran s'éteint. Mon père est
secoué de tremblements, la langue sortie, si laid ! Si
laid ! Mon jeune frère est revenu. On voit un autre
docteur. Il tourne autour du lit, comme un rapace. Il
hausse les épaules. Je l'accroche et lui dit : «Sûr, qu'il
va mourir ?» Il sort en grognant : «Sûr et certain.» Il
me semble que pour cette dernière occasion, papa
pourrait nous parler une bonne fois. Tout nous dire.
Une autre garde-malade. Elle le touche. Lui éponge
le front. Elle marmonne pour nous : «Plus que quelques minutes.» Sort. J'ai envie de crier. Raymond le
regarde intensément en silence. Il n'y aura plus de
tramway sur le Mont-Royal. Nous n'irons plus ensemble à l'Oratoire Saint-Joseph, le 19 novembre. La
ferme du Rang-du-crochet sera vendue et il y aura
des bungalows partout. Soudain, l'écran se rallume.
Brève lumière. J'ai tué le gros rat d'égout qui rôdait
depuis longtemps derrière son restaurant et dont il
avait si peur. Récompense, une barre de chocolat.
Une Rowntree et une boîte de «Craker Jack's» que je
vide très vite pour la babiole au fond de la boîte. Une
bague. Hélas rouge ! Pas jaune. Novembre. Topaze.
Ma pierre de naissance. Je donne la bague à Mireille,
ma quasi-jumelle, née en janvier. Rouge. De la vitre !
Vie pauvre.

C'est fou. Besoin dès qu'il sera mort de changer. De devenir quelqu'un d'autre. Sentiment de liberté nouvelle. Je quitterai ce job de bouffon de télé aux feutres vengeurs. Fini d'ironiser. De juger. Assez! Je rentrerai en moi-même. Je reprendrai mon album inachevé, *Le serpent...* Je guetterai jour et nuit l'inspiration, cette salope capricieuse. J'y arriverai à cet ouvrage parfait dont j'ai tant rêvé. Je regarde papa se débattre, on dirait, avec des fantômes encombrants et je lui jure de réussir cet album. Surtout ne pas attendre d'être jeté une fois de plus comme cela se fait sans cesse dans nos métiers de saltimbanques. Je refuserai de continuer à faire le clown, à chier en deux trois mouvements les binettes des «chers artistes invités de la chère animatrice», souple courroie de transmission de toutes les promotions marchandes. J'en ai assez d'être, moi aussi, toute souplesse, d'être toujours ultra bref, contrôlé par les publicités. Je serai, papa agonique, ton prodige, enfant prodigue repenti. Fais tuer le veau gras dès ton entrée dans l'au-delà. J'ai peur pour lui. Dans cette autre dimension, sera-t-il déçu s'il n'y trouve aucun thaumaturge? Ni son cher frère André ni ses chères stigmatisées Catherine Emmerich, Thérèse Neumann. Ni Marthe Robin, ni Padre Pio, ni aucun de ses précieux vieux papes. Sa déception si le ciel promis, comme je le crois, est un non-lieu, d'une mirifique lumière. Quelle lumière! *Lumen de lumine.* Pas de vieux «Notre-Père» barbu, pauvre orphelin!

Une garde entre. L'examine. Dit: «Il s'est endormi.» Ajoute: «Une dernière halte. Ça arrive parfois. La pause ultime.» Raymond me regarde, je le connais, il va éclater. Il a le cœur gros. Il préfère distraire sa douleur. Il me dit qu'il ne va pas tarder à prendre, lui aussi, une retraite anticipée. Il vient d'avoir cinquante ans. Je lui raconte qu'on a jeté l'animatrice et son réalisateur, qu'on vient d'en engager une nouvelle. Qu'il faut plaire, vite et au plus grand nombre. Sinon pas d'auditoire solide et c'est «au suivant!» Je lui dis : «Ce cirque ne m'amuse plus autant. J'en ai fait le tour.» Papa grogne soudain! Tous les deux, nous bondissons hors de nos chaises. Il nous regarde avec surprise. Clair qu'il ne nous reconnaît pas. On dit : il a déjà un pied dans la tombe? Il va parler. Nous nous penchons. Je veux cueillir une dernière phrase. Pourquoi cet intérêt? J'attends quoi? Quels mots? Un «Je t'ai toujours aimé, toi particulièrement.» ou un «Je regrette de n'avoir pas su t'aimer!»? Mais il ne dit rien. Il articule, mais aucun son ne sort de sa bouche qui se tord. Message perdu à jamais. Dans *Le serpent...*, je voulais mettre les images d'un monde vraiment paradisiaque. Un village de rêve. Une cité exemplaire. Un lieu modèle. Pour me consoler de ma froide patrie et ses pères murés? Je ramassais tout, dans le temps, et j'ouvre encore des chemises de carton bourrées de coupures choisies dans les magazines et les journaux. Je voulais, peu à peu, dessiner l'utopie enfin réalisée. Il y avait le lac, beau, bleu. Des bouleaux aveuglants de blancheur. Des sapins frisés, des mélèzes échevelés, des chênes augustes, des pins protecteurs. Je voulais Brel aux Marquises, Gauguin en Polynésie. Les étés de ma jeunesse sublimés quoi. Je transposais dans mon album les images à tourisme, Bahamas et Bermudes. Amalfitana. Cancun. Les cocotiers en parasols pour filles bronzées. Mon Pointe-Calumet allait muer; la métamorphose de mes souvenirs. Mon passé dans cet amas de cabanes sur pilotis, à louer pas cher l'été, embelli. Fini. La sordide modestie québécoise, de « s'excuser-de-demander-pardon ». Au moment de pondre, tout cela était inconscient. C'est à partir de mon blocage que sont devenus visibles mes intentions au symbolisme réparateur.

Papa mort, mort en m'articulant un secret jamais décodé, j'avais très envie de parachever *Le serpent*. Je dessinais sans arrêt, en guise de démarreur, ce curieux maître d'œuvre pris d'ichtyosis; il devenait iguane jaune, tortue violette, caïman multicolore, serpent de jade, dragon turquoise. J'avais l'impression d'avoir été abusé toute ma vie, manipulé par des gauchistes détraqués, des intellectuels désincarnés, des penseurs désaxés. Je maudissais l'idéologisme automatique! Pour me venger, je dessinais d'aimables capitalistes, de généreux promoteurs immobiliers. J'allais faire enrager mes anciens camarades de la gau-gauche. Socialistes échevelés pour épater, progressistes creux et tant d'autres meneurs que j'avais suivis candidement. Les gauchistes, en France et en Italie, partout, se révélaient des sépulcres blanchis; en 1987, je me doutais déjà qu'allait s'effondrer partout un monde bâti sur Lénine et les sbires staliniens. Papa avait eu tant de peine à me voir suivre tous ces leaders à la mode dans les années 50 et 60. La vie ne changeait pas. Pas beaucoup. Je me souviens de mes cris. De mes protestations. Il me jetait des : « Continue de la sorte, tu iras en prison et tu seras brûlé. Fini, sans avenir. Sur les listes noires. »

Je lui criais : «Chieux de baveux de pisseux, vous tous les peureux.» J'avais trente ans et lui cinquante. Tristes combats. Ma mère allait se réfugier chez l'une des filles à l'étage, affligée de nos injures. Papa postillonnait : «On ne change pas le monde!» Je répliquais : «Quand tous les lâches crèveront, ça va changer!» Il me tournait le dos, il s'en allait loin de moi.

C'est maintenant que je voudrais tant rencontrer Isaac Jaspin, en 1710, au Poitou. Lui crier au visage : «Isaac, sale con, cloche imbécile, pourquoi donc as-tu laissé partir ton garçon Aubin vers ce continent perdu, inconnu? Je voudrais plutôt être resté Français de France, aimable poitevin en douce France! Et ce sacré Isaac, père indigne, père infâme, père dénaturé qui a abandonné Aubin, que me dirait-il? Je me souviens soudain, juste avant que mon père trépasse. Une garde qui, vite, lui enlève les tubes, qui rapporte tout, les fioles, les ustensiles de l'incontinence, et qui dit : «Il devrait être mort maintenant.» On le retenait? Trop tard pour l'aimer? J'eus envie de l'emporter rue Saint-Denis. Il ne bougeait plus. «Ils l'ont tué.» Raymond : «C'est fini je crois, mon vieux.» Papa a les yeux à l'envers. Mon pauvre vieux héros honni s'en va. Il a été aussi ma victime. Cruauté si bête. Trop tard pour les regrets.

J'avais un père doux, les autres avaient un père normal, un Tarzan, un Superman, «plus fort que la police». Moi j'avais un papa-Saint-François. C'était intolérable. Ma fille l'a aimé ce grand-père docile, prédicateur de paix à tout prix. Ma Viviane, à cinq ans l'aidait, l'été, à installer des murets de pierres devant la plage. Elle n'allait même pas se baigner par grandes chaleurs avec ses cousins, cousines. Elle préférait le regarder faire le maçon ou replanter des arbres, enterrer des déchets, goudronner le toit du chalet. C'était en 1955, il fermait son commerce tous les lundis et venait vers son éden, son étroit paradis dans son cher comté des Deux-Montagnes. Ma mère l'attendait avec sa liste de réparations et papa se transformait en plombier, en électricien, en homme à tout faire, docilement.

La garde a dit, insensible : «Il devrait pourtant être mort!» Ensuite s'est amené un jeune médecin, un petit bonhomme tout rond, tout court, qui contemple la chose inerte, notre père, la langue sortie. Il nous jette un visage froid, fermé : «Plus qu'une ou deux minutes à mon avis!» S'en va! Pars pas, papa, l'homme enfermé, l'homme de l'ombre, du petit commerce en sous-sol. Toutes ces heures, ces dizaines d'années à servir cette maigre clientèle de zoot-suits dans la fumée de la cave. La vie gaspillée d'un petit garçon orphelin triste du parc Laval. Le petit garçon de ce Josaphat, mort à trente ans dans le rang du Bois-Franc, dans l'Ouest de l'Île. Adieu, adolescent du Rang-du-Crochet à Laval-des-Rapides! Adieu le modeleur de glaise trouvée dans les fossés de la Sablière abandonnée. Je voudrais un sursis. Que ce film, si triste, si bête, si maigre, ne s'achève pas, ne déroule pas sa dernière bobine. Je suis un des gamins de la paroisse Sainte-Cécile, le samedi après-midi, au cinéma des curés, accablé de voir surgir subitement le mot «FIN» dans les séries de Roy Rodgers et Gene Autree. Puis, une nouvelle infirmière est entrée en trombe comme si elle avait reçu un message du ciel. Elle est guillerette, ronde, semble retenir un sourire et déclare : « Il est mort, il est mort. » J'éclate. Je m'écroule. Raymond est surpris de me voir fondre et console son vieux grand frère du mieux qu'il peut. « On s'en va ! Viens-t-en ! »

Je n'en reviens pas. C'est tout ? Ça finit bête comme ça une vie ? C'est injuste. La famille va se réunir dans la maison vide. Nous nous séparons sa dépouille, les biens en tous genres, pauvres restes d'une vie. Maman, on le sait, ne sortira pas vivante de son centre hospitalier de la rue Labelle. Nous fouillons partout, vieux enfants curieux, la cave, l'ex-restaurant, le hangar. À qui le mini coffre-fort ? La vieille machine à coudre ? On organise des tirages. Je déniche des tiroirs de commode pleins de paperasses. Des lettres. Papa faisait toujours des brouillons. Des appels pour être reconnu et célébré comme potier primitif et céramiste du dimanche. Des protestations polies. Des souvenirs de sa jeunesse. Des tas de vieilles photos jaunies. Mes sœurs, elles l'avouent, aimeraient trouver l'impossible. Une lettre d'amour de cet homme si sauvage, si introverti, à l'épouse, notre mère, à une des filles, rien, il a été le papa cadenassé, papa-verrou ! Quelques mots seulement où papa confierait à un correspondant providentiel : « J'aime mes filles ! » Rien ! Dans certains appels à l'aide, à des Importants, je découvre à quelques reprises que papa tenait absolument à ce que l'on sache qu'il ne partageait pas mes idées, qu'il reniait mes engagements, mon militantisme. J'en suis consterné ! Papa avait honte de mes lettres, de certains de mes dessins vindicatifs. Il craignait que ce fils gauchiste nuise à cette carrière d'artiste naïf qu'il avait commencé depuis la fermeture de son restaurant en 1965, presque tous les enfants étant partis. Papa me reniait? J'en ai mal. Ainsi, comme il me l'avait déjà crié, j'étais le mouton noir de la famille! À l'hôpital, en une *pieta* insolite, il y avait aux pieds de ce Christ de père, un mouton noir, et Raymond? Le mouton blanc? Pauvre papa.

Il m'arrive encore de le voir en pensée, et toujours sur son lit de mourant, la langue sortie : papa jusqu'à la fin qui me fait la grimace. Papa en gargouille! À la fin donc, dernière visite, le petit dodu bas-de-cul et son ultime examen, il déclare, solennel : « Oui, il est parti. » Je me souviens qu'on tire le rideau tout autour de sont lit. *E finita la comedia.* Théâtre sinistre. Oh! le bruit métallique du rideau final sur la glissière! Je me rappelle aussi de l'air surpris de papa quand, plus tôt, je lui récite le « Notre-Père ». Pour lui faire plaisir. Il me fixe. Il craignait encore une moquerie? Il était surpris? En fait, sa frayeur me faisait peur. Il avait les yeux d'un fou qu'on va attaquer. Je ne savais plus quoi dire. Quoi faire. Comment l'aider. Le rassurer. Ensuite, je ne sais pas ce qui m'a pris, je l'ai béni. Je voulais tant lui faire plaisir, et il a affiché son pire regard réprobateur. Il tenait tant à nous bénir, lui, chaque matin de Jour de l'An, un rituel sacré à ses yeux. Indispensable, disait-il, pour passer une bonne année. Cet homme, sans jamais un geste d'affection, une parole de tendresse, un signe d'amour, bénissait! Nous, ses enfants, devions nous agenouiller devant ce père mal rasé, ridicule dans sa longue camisole de laine, qui toussait, se raclait la gorge, mal réveillé, drôle de saint homme, toujours prêt à se moquer de sa femme, notre mère. Cette mascarade nous pesait d'année en année, à mesure que nous vieillissions. Nous quittions l'hôpital pendant que papa partait, avec notre permission, pour l'autopsie. J'étais cruellement déçu. Bêtement, au fil des ans, j'avais espéré une solide réconciliation. Mais non. Papa s'en était allé sans que rien d'important ne se produise! Je tentais de refouler une sorte d'aigreur à son sujet. Je trouvais déplacé cette sourde rancune. Sur le trottoir, je racontais à Raymond certains aveux, certains secrets qu'il m'avait faits. Ce regret de n'avoir pas été prêtre. «Moine trappiste», m'avait-il spécifié. Les regrets tragiques de s'être marié. Dès le voyage de noces, sur le bateau du Saint-Laurent, voguant vers le fleuve du Saguenay. Il m'avait dit, aveu qui m'avait anéanti: «Accoudé au bastingage du paquebot, Clément, je songeais à me jeter à l'eau tant je regrettais de m'être marié.» J'avais eu si mal. Il nous reniait tous? Moi et mes sœurs et Raymond, mon frère. Il osait me dire que nous étions une erreur de jugement. Nous étions nés, tous, d'une erreur de jeunesse. Pas d'amour! J'étouffai longtemps de cette confidence infernale. De là ma cruelle déception depuis son départ. J'avais espéré quelques mots d'amour. Qu'il dise seulement: «Vous m'avez tout de même donné du bonheur!» «Malgré tout, vous m'avez parfois rendu heureux!» J'ai donc éclaté. En chaudes larmes, et Raymond en fut surpris. Il m'a entraîné à la terrasse d'un restaurant libanais de la rue Faillon. J'avais besoin d'alcool. Mon frère devait être surpris de voir le cynique du clan, le dessinateur méchant des matins montréalais, pleurer comme un gamin puni. Je voudrais être bâti comme lui. Optimiste et fuyant les sentiments noirs, capable de se mettre à l'abri dès qu'un signe de détresse se pointait. Raymond regarde en avant. Voilà ce qui a pourri de grands pans de ma vie : besoin de regarder en arrière. Mais j'avais cru Miller : « La mission de l'homme sur terre est de se souvenir. »

C'est clair. Papa mort, je prends conscience d'un échec. Je ne l'aimais pas. J'aurais voulu l'aimer. J'ai attendu, j'ai guetté en vain. Il est mort. Il n'y aura pas d'excuses, pas d'explications, pas de regrets de sa part, aucune réconciliation, et je reste seul, inconsolable. Nous restons prisonniers, devenus adultes, de ce couple premier de la vie. Me voici maintenant attentif au sort de maman. Je questionne des gens qui savent. Je cherche à savoir s'il n'y a pas des moyens de retarder chez elle l'échéance fatidique. J'avais aidé mon père, plus jeune, à se faire connaître comme peintre du dimanche. J'avais besoin d'être fier de lui, je suppose. Il abandonna la peinture et se découvrit une sorte de passion pour modeler ses scènes pittoresques dans des plats de terre cuite. Maintenant qu'il est mort, je constate que cette renommée grandissante de céramiste naïf m'embêtait en même temps qu'elle me satisfaisait. Il s'y était pris tardivement mais il me parlait d'expos à Toronto et à Boston. Et même à New York et à Los Angeles, Galeries Garth Clark. J'en étais jaloux inconsciemment? Je demeurais, moi, le mieux formé que lui, l'artiste local, régional. Quand, avant de mourir, il m'annonça qu'un musée suisse d'art brut voulait examiner ses plateaux sculptés, je me contentai de moquer la Suisse, de déconner sur les horloges coucou. Désormais, il n'y avait plus que sa production pour le captiver, ses enfants comptaient encore moins. De moins en moins. Je me sentais nié à jamais. Douleur! J'étais content pour lui, d'une certaine manière, fier même. Il y avait que ses succès de fin de vie le rendaient encore plus égocentrique. Ce que je faisais, moi, jamais il ne m'en parlait, pas un seul mot. Je mentais à Rachel : «Je m'en fous, je n'ai jamais existé pour lui. je m'en fiche!» C'était faux. Tout ce qu'on s'efforce de faire, de réussir dans une existence, c'est toujours l'enfant de jadis qui veut la reconnaissance de papa, maman. Misère humaine! J'allais avoir cinquante ans, Rachel avait gagné un prix important pour de récentes productions. On l'invitait en France! Nous étions en 1980, elle exultait, enfin, on signalait ses efforts, un dur labeur toujours dans l'ombre. Elle me dit sans malice : «Si tu veux, je t'emmène, c'est moi qui paie!» Encore un coup! Je passais outre à cette humiliation involontaire. L'homme, coq, est fier, et Rachel était si contente de son offre. Au retour, un mois de bonheur, je publiais un album moqueur et admirateur que j'intitulais : «Maman Paris, maman la France.» Ce fut un succès.

Peu de temps après, il me vint l'idée d'utiliser ma montagne de coupures de presse, indispensables pour mes caricatures. À toute vitesse, je pondais un nouvel album où mon héros était un enfant kidnappé par erreur, aux mains d'un trio de mercenaires, agents stipendiés par des organisations politiques clandestines. Je l'avais intitulé : *Le gamin saisi par le monde.* Ce garçon, David, tient un journal, sorte de SOS, pendant qu'on le trimbale aux États-Unis et en Europe, découvrant le terrorisme. Mon David était le fils d'un ex-terroriste québécois disparu à Cuba. Jean Basile, un critique sévère, décréta que c'était le meilleur témoignage sur la crise d'octobre de 1970. Dans ce *Gamin*, comme pour *Le serpent*..., il s'agissait encore de fustiger un de ces dénaturés qui fait passer sa passion avant sa responsabilité de père. Tous ces sigles! Tant de guerres politiques, c'était vraiment la soupe aux alphabets! L'album *Maman Paris* m'avait valu un prix, France-Québec, j'étais donc allé une deuxième fois en France et en Italie avec Rachel, en 1981. Ce voyage me servit pour *Le gamin* qui va à Rome, à Nice, à Saint-Rémy de Provence et à Paris. À la fin de l'album, le jeune David, écœuré, se sauve avec ses jeunes frères, pour achever la construction d'une cabane dans les vieux saules chez son grand-père. Dans l'album suspendu, il y avait, pour mon homme-en-écailles, une cabane! David, l'enfant saisi, trimbalé, était une mouture, une réduction de mes cinq petits-fils. *Le gamin*, je m'en suis aperçu après coup, illustrait une peur du monde réel, une frayeur de l'avenir. Étais-je peureux comme papa? Mon désarroi de savoir ces cinq petits-fils condamnés d'avance à devoir survivre dans un monde de querelles de tous ordres. Les enfants qui vieillissent, c'est déprimant, ça vous chasse, vous pousse, vous ouvre les yeux : «Sors du jeu vieux con! Débarrasse, vieux pépère!» «*Excuse me, old Santa Claus!*» me dit un voyou, me bousculant, rue Fairmount! J'enrage et j'ai pourtant envie de rire. Je suis divisé. Je ne vois plus trop clair dans mes projets. Dans mes besoins, mes envies. Je fais des projets flous. J'en fais trop. L'urgence de quoi ? Je sens bien que ma vie s'achève. Ai-je peur ? Je me secoue. Je résiste ? Un air de jadis, à la radio, me fait fondre. Je suis bouleversé soudain par une expression vieillotte inutilisée. Il y a cet os surtout : la mort du père. Soudainement en voyant une de ses photos, mon cœur se serre. Étau stupide. Sentiment d'avoir renié trop vite ses valeurs, sa religion, ses croyances. Nous avons été cruels sans bon sens au Québec dans les années 60. On a tout jeté par-dessus bord et nos parents se sont tus. Je suppose qu'ils ont eu confiance en nous, de là leurs bras baissés. Nous n'avons pas su construire un pays, une société nouvelle. Notre grand ménage de butors nous a tous conduits... à quoi donc ? À une sorte de désastre ?

Oui, il m'arrive de me sentir subitement mal en songeant à papa mort. Je me trouve chaque fois plutôt sénile. Débile. Quoi, tous, nous avons eu un père froid, en ce pays froid, nous sommes des sortes d'exilés, au Québec ? Des orphelins, quand tous les Importants nous abandonnaient en 1763 pour rentrer en France. Nous avons dans nos gènes ce sentiment horrible d'une nation avortée. Tous « petits poucets », comme dans le conte de Perrault, nous n'avions rien, ni cailloux ni bottes de sept lieues. Je me console. Je me fouette. Je me traite de tous les noms. Je refuse, comme je le fais depuis toujours, de m'abandonner à mon goût du désespoir. Alors je me masque. Je fais des blagues. Je joue le pitre. Santé mentale oblige. Et pudeur ?

Dans l'album inachevé, mal parti, repris trois fois, dans ce *Serpent dans le pommier*, il y avait donc cet anti-héros, l'abandonneur de tous et de tout, ce que je n'étais pas, je le répète. Je voulais imaginer le sort qui serait imparti aux jeunes salauds d'aujourd'hui qui se sauvent de leur progéniture. Je devais donc m'imaginer dans la peau de l'un de ces géniteurs irresponsables. Au parc Lafontaine, j'avais croisé une jolie actrice victime, encore amoureuse, de l'un de ces dénaturés immatures pathologiques. Son petit garçon de quatre ans me suivait partout et j'en avais un réel chagrin. La tristesse, déjà, sur tant de jeunes visages féminins. Partout. Petites figures d'enfants perdus précocement. J'éprouvais du dégoût pour tous ces lâches névrosés de «jeunisme». Une sorte de rage. Ces enfants orphelins de père, comment allaient-ils vieillir? Des spécialistes affirmaient qu'ils feraient des enfants endurcis, socialisés trop jeunes en garderies, cyniques, et que nous aurons à payer, tous, un jour, pour ces abandons à la chaîne. Mon album faisait donc de moi l'homme qui avait eu la dureté, afin de devenir «grand créateur», de quitter sa famille naissante. L'album, quinze ans après la fuite, faisait voir ma fille, Viviane, que je nommais Liliane, et Damien, que je baptisais Denis. Je les retrouvais, mais trop tard! Deux jeunes masques froids, accusateurs. J'avais du mal cependant à inventer ces haines, que je n'ai pas vécues. Liliane et Denis me haïssaient, mais Viviane et Damien m'aimaient. Je les avais gardés près de moi, j'avais veillé sur eux, négligeant ma carrière. Je découvrais, de plus en plus, que je cherchais à me venger de ceux qui avaient privilégié leur égoïsme. Jaloux, envieux peut-être? Ces créateurs, souvent, brillaient aux affiches de la célébrité. Regrets? J'avais honte. Ma motivation avait une source mesquine. Je devenais moralisateur? Besoin de bourrer de remords ces jeunes pères inhumains. J'étais un adorateur des enfants. Je turlutais la vieille chanson du groupe Harmonium: «On a mis quelqu'un au monde, on devrait peut-être s'en occuper.» On me donnait souvent raison, partout je lisais que telle délinquante, tel jeune désaxé, avait eu un père fuyard, jamais revu. Chaque fois, je me décernais une médaille.

J'en étais arrivé, après la mort de papa, à ne plus avoir envie de dessiner. Je me questionnais. Je n'avais plus à justifier quoi que ce soit aux yeux du père? J'avais envie d'abandonner à jamais ce rituel — que je trouvais vain maintenant — de publier un album par année. De plus, l'argument de cet album *Moi à vingt-trois ans,* me sauvant dans la nuit, puis *Moi à trente-sept ans,* essayant de réparer le gâchis, ce mensonge me paralysait. Je n'osais pas me l'avouer, mais j'étais ridicule avec ce message: «L'artiste qui a du cœur et le sens du devoir humain n'arrive pas à créer une œuvre imposante.» Étais-je trompé par tant de légendes romantiques narrant l'effroyable distance entre la beauté d'une œuvre construite sur la désolation, la misère, la détresse de l'entourage, des femmes surtout, souvent des enfants. J'éprouvais de plus en plus le besoin de fustiger le juvénisme pathétique à la mode, ces éternels étudiants, «téteux» de subventions et de bourses, ces adolescents attardés aux cheveux gris, en jeans faussement usés, qui refusent le naturel cours des ans et qui sont déguisés, ridicules. Leur frousse psychotique de vieillir comme le commande la vie.

Mais je faisais une erreur. D'une part, mes meilleurs albums ne découlaient jamais du monde des idées. Comme en peinture, en musique, l'art réussi se tisse de sauvagerie, d'émotions, de sentiments. D'autre part, mes albums les mieux accueillis venaient toujours d'expériences (du moins partiellement) vécues. Je souhaitais trouver la force d'abandonner cet album. Dans lequel je n'arrivais pas à défier Dieu, à défier les sinistres prophètes bibliques, dans lequel j'arrivais si mal à recréer le monde en six chapitres. À mesure que les saisons défilaient, je prêtais l'oreille à une voix qui me criait : « Dessine donc sur la mort. La mort de Denise Dubois, ta première femme, la mort de ton père, celle de ta mère, toute récente. » Je n'obtempérais pas pour des raisons confuses. Ici, vous voyez bien, j'ai accepté.

TOMBEAU III

Comme tout le monde, je lisais des reportages. Des tas d'adolescents qui se suicident au Québec? C'est vague un chiffre; une statistique, c'est flou, c'est loin une épidémie suicidaire au Saguenay. Et soudain, c'est moins loin, beaucoup moins loin, vous le connaissiez! Vous l'avez vu à ses brillants débuts dans un théâtre d'été près de chez vous, c'est le fils d'un camarade de travail, c'est le garçon unique de L. Le meilleur artisan-typographe du temps du boulot quotidien bien sécurisant au Journal. Marco L. est mort! Pas un suicide. Non. Pas vraiment. Plutôt cette salope de maladie qui galope chez les désorientés sexuels, chez les invertis narcissiques, adeptes de l'étrange gémellité. Marco était beau. Marco était charmant et il était surdoué, il allait certainement devenir un acteur fameux, nous étions nombreux à le prévoir, c'était tellement évident. Il faisait plaisir à voir. Le plaisir éprouvé à jouer, à se dédoubler était contagieux, on jubilait dès qu'on le voyait: brillant. Un bon jour, un mauvais jour, le satané téléphone! Un comédien de son âge, qui a participé à une adaptation d'album: « C'est la fin pour Marco L. C'est les derniers jours. Si vous pouviez

75

*lui envoyer un dessin, une aquarelle, je sais pas. Il
aimait tant vos caricatures. Vous auriez le temps?»
J'ai le temps, j'ai mal, c'est injuste. Marco, avec ses
dons, et un physique d'une séduction immédiate, se
signalait comme un atout majeur dans la trop peu
nombreuse confrérie des espoirs sûrs. Je sors vite mes
encres, je lave trois pinceaux, ma plume en argent
solide et je fais ce que je peux : un jeune acteur
auréolé. Une grosse bulle au milieu du corps, au
cœur, avec la voix du ventre. Image du clown joyeux
avec dix bras et dix jambes. Un ballon que je remplis
de bons mots. Vains. De bonnes paroles. Molles. Que
dire quand tu sais que ce garçon doué est rendu
au-delà des mots, au-delà des paroles humaines,
quand tu sais bien qu'il est, avant toi, le vieux, aux
portes de la Grande Question : Où allons-nous a-
près la mort? Y aura-t-il une autre vie? Dans le
phylactère, des mots : vie éternelle, esprit vivant, réunion des croyants, promesse du Galiléen... Foutaise?
J'enrage. Je reçois un signe une semaine plus tard :
«Merci Clément, tu l'as fait sourire, ça lui a fait du
bien, il a lu plusieurs fois le ballon tout rempli d'espoir et il a bien ri de ton joyeux bouffon multicolore
tout articulé. Merci! Il est mort hier.» Il pleure et
quand je veux parler, il raccroche doucement. Il n'y
a que le silence.*

*Jamais deux sans trois? Jamais cent sans mille,
vieille salope? Voleuse de vies. Jamais mille sans un
million? Vas-y dégueulasse faucheuse... Rachel :
«Calme-toi, c'est la mort, ce qui donne du prix à la*

vie. Sans elle, la fin, la vie n'aurait pas cette saveur ineffable.» Rachel est plus jeune que moi. Elle peut donc parler calmement. Elle verra dans dix ans. N'empêche, je ne me console pas. Une autre encore! Un enfant à mes yeux. Je le revois, l'été passé, avec son marteau, il m'a aidé à jeter bas le grand cabanon, le «bas-côté» inutile du chalet. Il chantonnait. Il riait d'un rien. Il était sain et sauf encore. Misérable petite bête rampante qui n'a pas de nom précis, cousine de la dépression nerveuse, du fatal découragement. Maurice J. n'aimait pas trop l'école. Il était de ceux-là qui étouffent sans air libre, sans espace, sans pouvoir gesticuler, sans pouvoir respirer l'air grand. Maurice J. a été trouvé en jeune pendu. Un petite placard sordide pour un jeune homme suspendu. Tout allait bien, disaient le paysage, les voisins, les amis, les parents, il avait, après tout, l'essentiel : la santé. Et il allait obtenir sa carte-permis comme ouvrier spécialisé. Mais non. Il ne sera rien d'autre qu'un jeune pendu dans une garde-robe. Ça ne suffit pas et ce n'est plus un chiffre, une statistique dans une page de journal. C'est un jeune homme qui vous a parlé, à qui on a parlé, il n'y a pas si longtemps. On le découvre après trois jours d'angoisse, dans son nouvel appartement, au bout des inquiétudes ordinaires et normales, au bout de sa corde, littéralement. Pour une âme, c'est la baignoire ensanglantée, pour une autre, c'est la corde au cou. Maurice J. était beau, comme le jeune acteur sidéen. Il avait toute la vie devant lui pour en baver comme tout le monde, aussi pour jouir des bons moments *comme tout le monde. Non, pas de patience quand les euphorisants à la mode sont de la partie et vous titillent; il s'injecte, mais il sait que ça va recommencer demain. Quoi donc? La vie quotidienne, l'existence ordinaire; il se pollue, mais demain revient le réel. Tout autour de ces jeunes esprits, le vacarme marchand crie, gueule, vante, ment. Il y a là, sur mille et mille tablettes, dans mille et mille vitrines, tous les objets inutiles de la réclame rampante et perpétuelle. Le grand garçon n'a rien de tout ça? Le grand garçon s'ouvrira les veines, avalera un poison, ou trouvera une corde, avec un nœud coulant, coulée sa vie! Son père vous raconte cela au bord du lac et n'y croit pas! Je lui déniche une de mes petites aquarelles, Maurice jouant avec un ballon rond! Quand je vous dis qu'elle vient rôder dans mon voisinage, la gueuse! Le jeune voisin apprenti, doué, s'est sauvé de nous, il s'est enfui par une fissure scabreuse et la «faucheuse» ricane. Je la hais. Envie d'ouvrir l'album abandonné et enlever l'idée d'Éden, plutôt montrer un projet d'enfer avec un vrai serpent venimeux!*

QUATRIÈME JOURNÉE

UNE BELLE IMAGE DÉCHIRÉE

Je vais comprendre concrètement l'affaire, l'éternelle affaire père-fille. Ce sera la mise à mort de papa. D'un certain papa. Moi. Ô Viviane! C'est toujours très tard ces crevaisons-là, elle veut enfin se débarrasser d'un homme-image. L'image que, sans doute, toutes les filles traînent trop longtemps : celle du «premier homme» de leur existence. Du héros. Heureux les pères déserteurs, il y aura peu à leur reprocher. L'absent, sublimé, a toujours raison en ce domaine. Injustice. Il n'a pas été là, donc il n'a pas fait trop de dégât. Ça s'est passé en trois semaines. En trois rencontres. Trois vendredis après-midi. Trois coups funestes pour moi. Trois chocs. Trois chutes, un vrai Christ, c'est mon tour, un christ de père. Avoir cru si longtemps — mon cas — qu'on a été un bon papa. Presque un papa-modèle et c'est le réveil brutal. N'étais-je pas un père qui avait su se sacrifier, contrairement à tant d'autres pères-artistes, à tant de ces dénaturés du «milieu» qui se débarrassent tôt de la charge familiale afin d'offrir à la planète qui les réclamait leurs géniales cogitations? Eh bien! Erreur, je m'étais fourvoyé! La première fois, le premier midi, nous avons pris rendez-vous, Viviane et moi, dans un Red Lobster de la banlieue nord, à dix minutes de chez elle. J'avais remarqué depuis déjà quelques mois une Viviane plutôt défaite, son visage enflé, rougi, ses regards, on aurait dit de bête blessée, traquée. Je ne la questionnais pas. J'avais peur, l'appréhension du « ça ne marche plus entre lui et moi ». Peur d'un couple défait. Bien pire encore : « Je n'ai plus le goût de vivre ! » Toujours cette hantise d'une hérédité scientifiquement peu probable. Alors tout ce temps, je détournais les yeux. Ma chère Viviane, comme on dit, traversait un bas. Je remarquais un teint de plus en plus pâle, des boutons à profusion, parfois un léger tic nerveux. Le plus souvent, en écho à mes propos, des silences curieux, une voix qui s'éteint, mal placée, qui faiblit sans terminer sa phrase. Un léger chevrotement à l'occasion. Je me taisais et je croisais les doigts, je tentais de me rassurer. Je me disais : ça va passer, ce n'est qu'un mauvais moment, c'est la venue de l'été qui tarde trop ou c'est l'hiver toujours trop long. Et puis crac, oui, soudain : « Papa, faut qu'on se parle, j'en ai besoin. Vendredi midi, une fois mes gars à l'école, on peut aller luncher ? » J'ai accepté avec un mélange de hâte et de peur. Les hommes ont plus d'intuition qu'on le croit. Je me promettais de rester calme et de savoir écouter, de me taire. Verbo-moteur, comme moi, c'est difficile. Le grand bavard, la grande langue, la grande gueule, l'extraverti était bien décidé à lui laisser tout l'espace dont elle semblait avoir un urgent besoin. Reconnaître qu'on ne se parle pas, jamais assez, qu'en dehors des « ça va » « ça va », trop peu de vrais propos, de paroles senties. Ô mon Dieu, le torrent, la digue crevée, ô mon Dieu !, le déluge de reproches, les ordinaires, aussi les plus graves. Ô Seigneur, si soudainement, tant de griefs ? Tant de retenue qu'on laisse aller ! J'avais été un fantôme, ou un furtif, passant distrait, j'avais été un père masqué, dominateur, doux et rusé à la fois. Une image fausse, entretenue par maman, un papa symbolique. J'avais été un acteur. Elle s'était tue mais n'avait jamais été dupe. Elle devinait tout, depuis toujours. Elle insistait devant mes hésitantes protestations : «Toi qui te dis amateur de Françoise Dolto, tu devrais savoir qu'une enfant, même en bas âge, sent tout, sait tout.» J'étais ébranlé. Avais-je été ce monstre, gentil en apparence ? Ce bon despote égocentrique dont les enfants ne sont que des parures amusantes, des objets facilement manipulables ? Je ne mangeais plus. Je ne disais pas un mot. C'était douloureux, c'était effrayant. Viviane, les yeux mouillés, massacrait allègrement l'idée que j'avais de moi en papa.

Tout s'écroulait. D'un coup sec. J'en étais littéralement estomaqué. Adieu bon papa qui s'est sacrifié pour le bonheur de ses deux enfants ! Un mur-de-Berlin tombait, comme en janvier 1991, total écroulement. Ma fille devenait dure ? Je croyais rêver, je ne la reconnaissais plus. Justement, elle m'explique, me répète que son psychologue insiste : «Ne plus taire ce qui fait mal. Parler de son mal. Le dire.» Je n'en revenais pas. Elle disait sans hésiter : «Fini la fillette qui avale tout pour une paix factice, mes trente ans de silence pourri.» Je la laissais m'accabler, noircir, il me semble, le portrait. À mon tour de garder le silence. Pour son bien. J'étais vite à terre dans mon ring. Il fallait écouter, me taire. Recevoir la vérité en face? J'étais prêt à m'accabler sans vraiment y croire. Pour son bien, je me suis convaincu qu'en effet, j'avais sans doute trop triché. J'avais tant voulu pour elle, comme pour Damien, une enfance joyeuse, insouciante. Oui, j'avais porté des masques mais c'était pour leur bonheur. Je voulais lui dissimuler mon fond d'être tragique, l'angoissé métaphysique perpétuel, pour qu'elle devienne une femme confiante, optimiste, sécurisée. Un échec. Viviane me le disait clairement. «Tu as perdu ton temps, papa.» C'était embarrassant. Je voulais crier dans ce restaurant. Pour se guérir d'un mal incertain, voulait-elle me rendre malade à sa place? Elle insistait : déjà à six ans, elle voyait clair, et au fil des ans, elle découvrait l'homme prisonnier, l'homme attaché de force à sa charge de père. Là-dessus, j'éclatais : elle m'avait donné du bonheur, protestais-je, elle avait été une fillette fascinante à voir grandir, j'avais eu une foule de grands moments de joie. Elle refusait de me croire, sa bouche se tordait, comme un bébé, ses lèvres tremblaient comme celles d'un enfant désemparé. J'avais mal au cœur. Je l'aimais tant. Je me taisais de nouveau. Pire encore, j'acquiesçais à certaines accusations qu'en mon for intérieur je jugeais exagérées, ou même carrément mensongères. Pour lui faire du bien, j'avouais avoir été un menteur, un hypocrite, un truqueur, un fuyard. Je l'accompagnais volontiers dans son entreprise de démolition du «premier homme» de sa vie, moi. Ce cadeau d'une générosité sans calcul me pesait. J'endurais, ce midi-là, un calvaire. Le martyre. Je la laissais parler. Je la laissais pleurer. Elle allait aux toilettes, il me semble, en titubant légèrement. Je maudissais son psychologue, puis je me jugeais aussitôt ancien et peureux. S'il avait raison ? Il avait raison. Il a écouté ma fille, peut-être plus longtemps que moi durant toute sa jeunesse. Je traversais une subite crise d'autocritique et ce n'était pas facile. Je ne souhaitais qu'une chose, que Viviane redevienne bien dans sa peau. Au dessert, chez ce Red Lobster, fusèrent les dernières cartouches. Viviane, maintenant, prétendait parler aussi au nom de son frère pas moins malmené par ce père-faux-jeton. Ce père, gentil clown à l'occasion, pour les voisins, pour sauver les apparences, pour fuir. Damien, lui aussi, malgré sa pudeur et ses silences sur ce chapitre, avait souffert. Pas moins qu'elle. De là, aujourd'hui, me disait Viviane, à trente ans, ses bizarreries, ses refuges, ses fuites, ses difficultés à communiquer. J'ai voulu protester : «Damien est sain, moins tourmenté que toi.» Ce fut aussitôt la reprise des hostilités : «Toujours aussi aveuglé, Damien est fermé, avec moi, avec toi, papa, avec tout le monde et c'est ta faute.» Des clients se retournèrent : «Ton frère est moins complexé. C'est un jeune homme heureux, sinon quel hypocrite !» «Il a attrapé ça de toi, les cachettes, le masque !» J'en avais assez. J'ai demandé l'addition et la sortie. Dehors, dans le parking, j'avais les yeux embués de larmes, c'était mon tour. Elle s'en aperçut : «Je sais papa que c'est pas agréable à entendre mais il le fallait. Je dors mal. Je digère mal. J'étouffais sous ce poids. Je cherche à me comprendre, papa. Tout ce qui me bloque, tout ce qui m'embrouille, pourquoi tant d'insomnie alors que je n'ai pas même quarante ans.» Je lance, erreur : «Eh bien, je vais avoir soixante ans bientôt et Rachel te le dirait, dès que je pose ma tête sur l'oreiller,

bang, je dors!» Elle criait presque : «Évidemment!
Tu es une sorte d'inconscient, de tête heureuse, c'est
ça qui est pénible pour moi!» J'avais envie de la
prendre dans mes bras, de la bercer, de lui crier
— moi aussi je pouvais crier —, que je la voulais
épanouie, une jeune femme joyeuse, mais je n'osais
pas tant elle était devenue farouche, le regard sombre, la bouche mauvaise. Oui, me taire, me taire.
Dans la voiture, sur le boulevard Saint-Martin, reve-
nant vers Ahuntsic, je lui dis : «Tu étais si rieuse pourtant, si facile à élever, si docile...» Elle répliqua
assitôt : «Justement, je trichais, j'avais peur de toi,
que tu t'en ailles, cette crainte sans cesse, je jouais la
fillette-modèle pour que tu ne partes pas.» Je ne savais plus que penser. M'avait-elle joué la comédie de
l'enfant pressentant tout ou bien avait-elle été vraiment anxieuse à mon sujet? À chacune de mes tenta-
tives pour adoucir quelque peu le sinistre portrait
qu'elle traçait de moi et de son enfance angoissée,
elle lançait, sur le champ, des paroles acerbes telles :
«Notre enfance a été une farce, une comédie» ou
«ma mère me transmettait sa peur perpétuelle de
ton départ.» Quand j'ai dit : «Mais enfin Viviane, je
suis resté, non? Si longtemps.» Elle marmonna : «Tu
aurais mieux fait de t'en aller en fin de compte. En
esprit, tu étais toujours ailleurs, jamais vraiment avec
nous.» C'était faux, mais je me tus. La douleur. Il y
avait une part de vérité. En rentrant chez moi, après
cette première séance, j'étais écrasé. Fourbu. Anéanti. Je voulais cependant, à tout prix, rester lucide, fuir
toute complaisance. C'est que Viviane me semblait
injuste, surtout dans mon milieu d'artistes, en com-
paraison de tous ces dégueulasses abandonneurs

d'enfants. Une voix pas moins cruelle que celle de Viviane grinçait dans ma tête : «Hein! Tu l'as su, hein? On t'a démasqué mon gaillard! Ta fille, la mignonne fillette rieuse, eh bien! elle a souffert, elle s'obligeait à se taire, enfant masquée à cause d'un père masqué, toi.» Viviane jouait donc un rôle? Elle n'avait pas été heureuse? Je n'arrivais pas à avaler cette couleuvre. On refuse de se voir en salaud même inconscient. Je sursautais : «Elle avait menti. Elle n'a manqué de rien, ni d'affection ni d'amour. Elle se ment. Il y a un autre problème dans sa vie. Je sers d'exutoire. Elle camoufle quelque chose. Peut-être a-t-elle cessé d'aimer son Luc? Ou bien Luc ne l'aime plus? Je rêvais encore. Cela ferait bien mon affaire, me disais-je. Fuyard va, chuchotait une voix. Mesquinerie, son fatras d'accusations. En vrac. Une voix complaisante : «Défends-toi!» Non, je ne voulais pas, je voulais que ça sorte puisqu'elle m'avait répété : «Tu dois comprendre qu'il est essentiel que je me vide de mon passé. Il faut qu'on en reparle, il faut nous revoir.» Elle disait : «Vendredi prochain» puisque chaque vendredi j'amenais luncher son merveilleux trio de gamins. Je voulais dire «non». Je n'en pouvais plus déjà. C'était faux, il y avait peu de vrai, Denise, morte dans son bain ensanglanté, le dirait de l'au-delà : «Clément a été un père comme il faut.» Je l'invoquais comme j'ai toujours aimé invoquer mes morts, je l'appelais à mon secours, il fallait qu'elle inspire à Viviane un peu plus de sérénité, de vraie lucidité, de franchise. La voix traîtresse me revenait : «Saudit hypocrite, tu sais bien que tu as été un faux père de famille, comme tu as été longtemps un faux mari, tu ne le sais que trop.» Je me consolais, me répétant que la vérité n'est jamais, mais jamais, toute noire. Ni toute blanche, évidemment. Viviane aimait répéter à ses trois garçons que personne au monde n'est parfait. Alors ? J'aimais, en bonne part, la vie familiale. Je n'y étais pas malheureux de façon permanente, j'y consacrais du temps avec plaisir, tous les week-ends, c'était sacré, « l'artiste » abandonnait tous ses projets et, avec joie, se transformait en éducateur, en moniteur de jeux. J'aimais les enfants, excessivement peut-être. Encore aujourd'hui.

Je criais, seul, chez moi. Dieu m'est témoin que j'ai aimé comme un fou ces deux enfants-là. Viviane, pour des raisons mystérieuses, avait décidé de casser une fausse idole. Une statue modelée par elle-même. J'osais me dire qu'elle le faisait peut-être par culpabilité pour cette mère dont elle n'avait pu empêcher le suicide, qu'elle se défoulait sur moi d'une malsaine culpabilité, que je servais de transfert, de cible. En pensant ainsi, je redevenais innocent, pur, bon papa, parfait quoi, et aussitôt j'avais honte. Le mâle blessé, ce vaniteux, sort de l'arène en s'empêchant de vasciller. Je me promenais dans ma vie avec un masque flatteur. Depuis toujours, une sorte de pudeur, de l'orgueil plutôt, empêche les mâles de montrer les bleus et les bosses. Il y avait plus grave, comme une loi fondamentale, non-écrite : un père blessé par ses enfants se tait. Camoufle. À cette époque, toujours en réflexion profonde sur mon passé de père, je questionne Damien : « Ai-je été un père si peu père ? » Il se dit étonné de mes questions. Il va jusqu'à me dire : « J'espère seulement être un aussi bon papa pour mes deux gamins. » Je tente aussitôt de me réconforter, mais Viviane avait dit: «Si tu lui demandes, il ne se plaindra pas. Il est d'une nature cachottière et, de toute façon, ta manière de "bon papa en apparence" interdit tout blâme.» À une autre occasion, nous allons luncher tous les deux, et je récidive. Je vais jusqu'aux aveux candides, lui disant qu'il se pourrait bien qu'un Clément Jaspin ait pu être un père dominateur, égoïste, tyran aimable, contrôleur inconscient, manipulateur pour de faux bons motifs. Il finira par me dire: «Mais pourquoi tant de questions sur le passé, papa? Je me demande seulement comment je ferai pour te rendre un jour un peu de tout ce que tu as fait pour nous deux.» Évidemment que je suis très enclin à me donner une absolution totale. C'est humain.

Je me calmais un peu. Pas beaucoup, pas longtemps. Le dard était planté. Le poison de la culpabilité se répandait. J'avais mal. Je me fustigeais, je me disais: «Tu souffres par ta faute. Pauvre aveugle. Tu n'avais, dans le temps, qu'à éviter cette belle image de papa-parfait.» Oui, je traînais un boulet. Je voulais tant que Viviane soit heureuse. Mais non. Elle ne l'était pas et c'était ma faute. Dur à prendre. Parfois, je m'examinais, et je me donnais 10 sur 10. D'autres fois, j'échouais à l'examen. Lamentablement. J'avais été un leurre. Seule ma jeune carrière de dessinateur, de designer, de «cartoonist-columnist» me captivait. Tout le reste n'était qu'un jeu social. Un rôle mondain. Une commodité. Ce miroir cruel me rendait malade. Rachel finit par s'apercevoir de mon désarroi. Je ne disais rien, je voulais ménager le lien fragile qui unissait ma fille et ma compagne. Un ami

— j'en ai deux — osa me parler de manipulation par une fille insatiable qui cherche à m'arracher encore davantage d'attention, qui vieillissait mal, qui se complaisait dans un blocage infantile, un sevrage naturel qu'elle refusait. J'ai claqué sa porte. J'étais insulté. Nul n'avait le droit de diffamer ma chère enfant. Je repassais constamment en revue toutes les années de sa jeunesse. Rien n'était très clair. Viviane avait été, il me semble, si joyeuse, si facile à élever. Je me forçais. Je voulais être lucide et franc. Rien à faire. Je n'avais rien de grave à me reprocher. Alors je concluais : «Eh oui! c'est une fille. Le rapport fille-père est un fouillis. C'est un nœud de vipères.» Veut, veut pas, je devais maintenant me rendre dans un resto du boulevard Henri-Bourassa, Viviane m'y attendait. En novembre, l'automne perd son nom. C'est plutôt le portique de l'hiver. Un hall d'entrée sinistre. Tout comme mars, novembre est un temps mort entre deux saisons. Le resto de notre deuxième tête-à-tête se nommait «La vieille école». Je refusais d'y voir un présage. Viviane avait revu, comme chaque semaine, son thérapeute. Elle me répétait ses conseils. Elle me dit : «Il trouve que je vais mieux, que d'avoir réussi à me vider, à tout te dire, a été un secours efficace à mon anxiété.» En effet, je la sentais moins tendue. J'en étais tout content. J'acceptais volontiers de servir à la guérison de cette angoisse floue dont elle m'avait parlé. Moi? Bof! J'étais fort, j'étais solide. J'allais m'en sortir seul. Je m'étais toujours dit ça, toujours, devant les chagrins graves ou des situations pesantes. Les hommes jouent toujours les gaillards indestructibles. Nous nous voulons, ceux de ma génération, de puissants brise-lames, brise-larmes?, dans la mer parfois démontée de l'existence réelle. Le jour approchait-il où on allait justement me reprocher cette attitude... virile? Oui. J'étais incapable de plier, de me coucher, de râler, je tenais à faire face. Un chêne ne penche pas.

Viviane, dès le potage, sortait déjà quelques laids lapins de son noir chapeau de reproches. C'était plutôt vague. Des regrets plutôt que des accusations. Des reproches, me disais-je, d'une petite fille qui avait trop rêvé, trop espéré. Cette fois, je m'étais préparé, je ne protesterais pas. Je m'imaginais — générosité déplacée? — qu'en encaissant par amour pour elle, sa guérison s'accélérerait. Je lui dis : «Tu as raison, Viviane, de répéter que personne n'est parfait. Je reconnais avoir sans doute fait fausse route avec toi.» Je ne lui mentais pas, je voulais être enfin un vrai père, un vieux papa qui se courbe, qui s'humilie, qui se sacrifie. Qui peut éviter certains blâmes quand il regarde en arrière? C'était l'amour paternel déployé totalement. Ma reconnaissance de tous les torts eut un drôle d'effet. La serveuse apportait les plats principaux et Viviane fondait en larmes, retenant mal des sanglots bruyants. Je ne savais plus trop comment réagir. Les clients, il me semble, tout autour de nous, se sont tus trop subitement. J'aurais préféré les engueulades à l'étouffée de notre premier combat. Comment consoler sa grande fille en larmes? J'étais décontenancé. Elle alla aux toilettes et en revint.

J'ai fini par lui dire tout simplement — c'était un conseil d'un psychologue-ami : «Dis-toi bien une chose, une seule, si jamais je t'ai blessée, dis-toi que je ne l'ai pas voulu. Jamais.» J'insistais : «Je l'ai fait sans savoir que je te faisais mal.» Viviane, de nouveau, se leva pour aller pleurer aux cabinets. Je regardais mes voisins de table, fort mal à l'aise. Est-ce que certains observaient le caricaturiste connu? Celui qui allait, à la télé, faire le drôle, le perspicace, lui, le sévère clown, si franc face aux actualités, qui faisait pleurer cette jolie jeune femme? Une envie vite réprimée de dire à mes deux voisines : «C'est ma fille, ce n'est pas ma maîtresse, on se rappelle de tristes souvenirs.» Me taire, me donner une contenance, ou bien dire tout doucement : «Mesdames, ma fille a de la peine.» Maintenant, un très gros et très bruyant octogénaire, peut-être nonagénaire, à ma droite, ne cesse plus de me dévisager. Il me fait de gros yeux très méchants! Qu'imagine-t-il? Un père? Il se met à ruminer, vache, sans me quitter du regard. Le commandeur jugeant Don Juan? Il mâchouille, il mastique, ses quatre mentons remuent. Immense crapaud ratatiné, yeux mauvais, ses lèvres pendantes se mettent à trembler, à remuer, il veut me parler : «Pourquoi a-t-elle tant de peine, cette jolie dame?» J'hésite et je dis : «Elle a dit que je l'ai mal aimée.» Sans doute, encouragée par cet échange, à ma gauche, une voisine arborant une énorme perruque rousse ose me dire : «C'est la température. Il fait si mauvais.» Je la fixe et sent le besoin de lui dire : «Non. Ma fille, madame, dit que moi, son père, je n'ai pas su l'aimer assez fort.» La rousse rougit autant que ses cheveux et se tourne. En vieillissant, on se débarrasse facilement de la gêne, d'une certaine pudeur imbécile. Je sais bien que tout l'univers des humains participe à une seule et même course : être aimé. Au moins, être admiré un peu. L'autre jour, pour une entrevue, j'ai réuni la haute colonne de mes trente albums dessinés. L'intervieweuse m'a dit : « Ce sont tous vos enfants ? » Comme toujours, dans le monde des médias, on a une seule minute, ou moins, pour répondre aux questions les plus graves. J'ai eu à peine le temps de dire : « Non. Au contraire, ces trente albums sont du temps que j'ai volé à mes enfants, à tous ceux que j'aime. » Il y a eu un drôle de silence. Avec l'âge, on a envie d'être vrai, et dur, hélas, les temps actuels développent l'horreur du franc et du clair. Soudain, par les fenêtres de « La vieille école », j'aperçois Viviane. Elle est sortie à mon insu. Elle est adossée à un minibus pour handicapés dans le stationnement. Elle regarde au loin. Elle a peu vieilli physiquement, je trouve. Je la revois, adolescente, quand j'allais la reconduire tous les matins à ses classes d'un cours classique institué par le secteur public dans une ancienne usine de la rue Sauvé. Elle voulait devenir enseignante. J'étais fier d'elle, c'est le plus beau et le plus important métier du monde. Dehors, je regarde une jeune femme qui semble saine, heureuse, et il n'y a que moi pour savoir que cette jeune femme souffre. Je veux l'aider. Je l'aime tant. J'ai payé l'addition en vitesse. Je vais rapidement vers elle. Je me dis qu'il faut que j'appelle à l'aide, Damien peut-être ? Ou sa compagne, Marie-Lise ? Je revois mon fils au collège Saint-Laurent, fou de cinéma et projectionniste. Au sous-sol, à la maison, jouant de la guitare électrique ou fabriquant des modelages d'une céramique manière « flower power ». Il m'a toujours paru heureux, bien dans sa peau. Triche-t-il comme le suggère parfois Viviane ? J'espère que non. Elle me regarde approcher. Cette tristesse, ce voile sombre sur ses

yeux, je lui ouvre les bras. Elle se détourne. J'ai mal.
Je déverrouille la portière.

À l'époque, je mangeais trop vite. Je digérais de
plus en plus mal. Je me trouvais fini. À force de faire
répéter tout le monde, j'ai fini par l'admettre, j'étais
à demi sourd. Je me suis fait installer un mini-
appareil auditif coûteux. Il m'emmerde. Traîner
cette autre prothèse. Le soir, avant d'aller au lit, devoir déposer sur ma table de chevet toutes ces prothèses, lunettes, la vue qui baisse, écouteur, l'ouïe, les
dents qui se déchaussent. De plus en plus, les cheveux qui s'en vont. Misère! Jeune, on se croit éternel,
invincible et ce n'est pas long que le temps vous
ravage, vous moque, grimace, vous défait. Rachel se
rendait compte que je méditais souvent. Un frein
qu'on ronge. Elle me questionnait. Je lui fournissais
des réponses molles. L'album du «Serpent» avait le
dos large. Damien m'amenait parfois ses deux garçons qui adoraient peindre librement avec moi dans
mon atelier, mais j'ai peur de les entraîner dans le
domaine des arts plastiques, c'est si difficile, s'ils s'y
engageaient, ils seraient sans doute obligés d'aller
faire les saltimbanques à la télé pour gagner leur
soupe quotidienne. J'ai pitié parfois de l'adolescent
que j'ai été, certain d'égaler Matisse, de dépasser
Picasso, peut-être. Quoi? Qui nous monte la tête
ainsi, jeune? Ce romantisme niais du succès universel
m'a tenu trop longtemps. Mes enfants sentaient cet
homme déçu, déjà à trente-cinq ans, de n'être
qu'une sorte de bureaucrate du journalisme dessiné.
Un fonctionnaire de la caricature? Je nommais Goya,
je me réclamais de Daumier, vainement, je n'étais
qu'un barbouilleur québécois inconnu dans les capi-
tales du monde et j'ai eu quelquefois la tentation de

m'exiler à Paris ou à New York. Il y avait déjà Rachel et ses beaux yeux gris, il y avait Viviane et ses francs rires de fillette heureuse, il y avait Damien et son formidable appétit de bonheur. Je suis resté à Montréal P.Q. Je buvais modestement. Mon verre n'était pas grand mais c'était le mien. Vite, je suis devenu populaire. On m'engageait pour des congrès, des galas, aux colloques des Sérieux et des Graves. Ma popularité, durant les années 60, m'aveuglait. Je me crus arrivé au pinacle. Dès le début des années 70 pourtant, de nouveaux et jeunes dessinateurs brillants s'installèrent dans notre Landernau et cela me remit à ma place. Tant pis, ma gloire passagère m'avait vengé de mon enfance de pauvre. J'avais fait mentir les sinistres prophéties de papa et maman. J'ai acheté une maison bien à moi, j'ai eu un tas de bagnoles, je croyais que tout cela était suffisant. Les années filent, on se réveille et on se surprend à étaler un bilan plutôt maigre, dérisoire même. Pendant un temps, ma notoriété nouvelle m'a donné l'effet d'être un imposteur. Syndrome connu. J'avais si peu de scolarité. Je m'étais fait un nom, j'avais brassé les cages du conformisme. Puis après? Aujourd'hui, ma fille pleurait! Parvenu au faîte d'un parcours appelé vie active, on veut tout. La joie partout autour. La sécurité. Un bonheur blindé, et on découvre un tas de bois mort, des rêves déchirés, un idéal pillé, grand projet ruiné, les décombres de beaux songes. Et sa fille qui pleure.

Deux semaines passèrent et ce fut la troisième rencontre père-fille. Viviane m'avait dit: «Faut que je laisse passer du temps, papa. Ça me fait trop mal, ça me bouleverse. Mon thérapeute m'a recommandé d'y aller mollo.» J'acceptais les délais. Je n'étais pas si pressé de repasser à son tribunal et de me faire défigurer, or, c'était elle la démantibulée! La victime de ces joutes devait pourtant être le père masqué! Nous étions deux victimes. J'admettais volontiers que ma fille se sente obligée de vider son sac, mais sans y prendre aucun plaisir. Au contraire. Il y eut enfin le troisième round. Ce fut la rencontre la plus pénible. Nous étions convenus d'aller luncher en face de l'Oratoire Saint-Joseph, là même où il y eut un musée de cire! Présage encore! Un musée. Cadavres cirés. Catacombes du passé. J'y étais allé enfant, dans les années 40. Viviane s'intéressait à tout depuis quelques années, à la parapsychologie, comme moi, puis elle étudia les contenus des grandes religions du monde. Elle adopta une forme de protestantisme, comme Luc, mon gendre, et, forcément, y entraîna ses trois enfants. Ensuite, elle est devenue savante sur la nature et — je l'approuvais — surveillait la santé de son petit monde. Donc, au «Commensal» du chemin de la Reine-Marie, nous remplissons nos assiettes de mets sains et approuvés par les critères à la mode courante. Nous nous trouvons une table très illuminée où le soleil traversait les nombreuses fenêtres. D'abord les aménités, le calme. Je croise les doigts, espérant que la tempête-Viviane soit chose du passé. Je parle toujours trop, me dit-on, aussi je me tais. Viviane finit par me questionner : je lui en veux? J'ai détesté sa franchise? Je joue l'huître à peine boudeuse. Nous voilà, en peu de temps, réinstallé dans le ping-pong encombrant des suspicions ordinaires. Me voilà, maladroit, me moquant des psys divers, des thérapeutes, «mal que le ciel en sa fureur» répand trop. Viviane se montre alors abattue aussitôt, déçue.

Je dis : «J'ai le droit de me défendre, Viviane!» Elle éclate : «Voilà, c'est tout toi. C'est exactement cela qui m'a nui, qui m'a causé tant de mal. Tu démolis. Toujours. Au-dessus de moi, cette confiance en lui, tu craches là-dessus. Tu veux me démolir. Tu me dis que je suis stupide de croire en un thérapeute. Que je suis une idiote. Une naïve. Voilà ce que je voulais te dire depuis si longtemps et que tu dis mieux que moi. Ton plaisir semble être de saboter ce que j'entreprends.» Je proteste un peu. Je crains de nouveau les larmes, l'esclandre. «Ne le nie pas. Ouvre-toi les yeux, papa. J'ai confiance en une chose, et toi tu ricanes, me dis que c'est un manipulateur, un imposteur, un fumiste.» Elle a repoussé sa grande assiette de vitre. Je renverse mon verre de vin rouge. Elle regarde dehors : «Personne n'a jamais raison avec toi, papa. C'est ça qui me rend malade.» Je ne sais plus comment me défendre. Que dire? Je patauge dans des impressions contradictoires. Suis-je un monstre? Ai-je vraiment voulu la protéger depuis toujours? Trop? Je me dis que mille et mille fois j'ai parlé pour donner confiance. Je me flattais de savoir encourager les enfants. Jeune, j'avais été un bon moniteur. Je pense même avoir été trop stimulateur. En effet, parfois je stoppais : n'était-ce pas dangereux de montrer trop de confiance envers nos enfants? Voilà que Viviane, au contraire, me reprochait d'avoir toujours été un éteignoir. Je connais bien mon besoin de gagner. Je veux gagner même au jeu de «500». Elle était injuste! Moi en dominateur? Avec les autres. Les adultes. Pas avec mes enfants. Bien sûr que pour le moindre débat, la moindre querelle, je cherche à faire triompher mon point de vue. J'aime la polémique. J'aime discuter, mais je me tiens toujours prêt à reculer, à battre en retraite, voire à me rétracter si les arguments de l'autre, en face, m'apparaissent mieux fondés. Est-ce que je me trompe? Viviane semait le doute. J'étais un père dictateur. J'avais vu si souvent des camarades errer complètement au moment de se jauger. Je me méfiais de mes absolutions. Je notais tout mentalement et je me promettais de vérifier tout cela. Avec qui? Avec Rachel? J'étais malheureux. Le déjeuner ne dura pas. Elle prétextait avoir des rendez-vous avec des gens de son église baptiste-évangélique. Des programmes divers à mettre sur pied. Je n'insistais pas. Je sentais qu'elle souhaitait qu'on se sépare et vite. Elle ne m'aimait plus. J'étais triste! Elle ne pardonnait pas. Ma fille me détestait. Elle continuait de croire à un père nuisible. Je ne pouvais pas me défendre.

L'hiver approchait. Les fêtes seraient là dans quinze jours. J'avais envie de me sauver d'elle, de tout. Il pleuvait à boire debout. Aller en Floride? Fuir? Où? Au Maroc. Au Vénézuela. Je la jugeais, elle si pratiquante maintenant, mauvaise chrétienne, peu évangélique. J'avais mal. En réalité, je craignais la vérité. Après l'avoir ramenée rue du Sacré-Cœur, je roulais et le décor extérieur s'obscurcissait. Je fus comme forcé de stationner rue Christophe-Colomb. J'étouffais. Besoin de pleurer. J'aimais tant ma fille, et voilà qu'elle me reprochait de l'avoir dominée, manipulée, rendue fragile et angoissée. Je n'en pouvais plus. Elle venait de m'annoncer que c'était notre dernier midi, que son thérapeute lui recommandait de laisser passer du temps, beaucoup de temps. Qu'il était maintenant préférable pour elle de s'éloigner d'un père pas du tout prêt à se voir tel qu'il est... Je pleurais. Silencieusement. J'ai fini par me calmer. Mes essuie-glace claquaient en métronome bête. Une policière stationnée derrière ma voiture m'avertit à l'aide de quelques coups de klaxon. Je devais circuler. On doit circuler dans la vie, peu importe ce qui vous arrive. Il faut rouler. Il faut continuer. Ne pas entraver la route du monde, des autres. Un jour, me disais-je, ma fille sera au pied d'un énorme pommier, il y aura un long serpent et un écriteau de pierre indiquera : «Père et mère tu aimeras.» Je voulais de toute urgence reprendre mon album et, dans une bulle, écrire : «Ma fille me hait.» De plus, avant de nous quitter, Viviane m'a dit : «Écoute, je sais bien que tu les aimes, à ta façon, mes enfants, mais il faudrait espacer tes visites. Tu les rends comme fous. Tu les excites, tu les gâtes trop. Ils deviennent incontrôlables, arrogants, même avec moi.» Je pleurais aussi pour cela dans l'auto mais on m'a fait signe : «Circule, grand tarlais, gros con, vieux bébé braillard, mauvais père.» Et grand-père dangereux? Viviane devenait la Liliane de l'album suspendu!

TOMBEAU IV

André B. servait à rien! Il était nul en tout pour les choses du réel commun. Il me disait qu'il était inapte. À la vie? Il aimait la musique. Il aimait l'opéra et il aimait beaucoup le whisky aussi. André était un homme très seul, il travaillait depuis trente ans pour la télé publique. Comme un moine. Au fond, il n'avait que cela : son métier. Après ses heures d'ouvrage, il errait dans les couloirs de la S.R.C., cherchant avec qui aller s'asseoir, à la cafétéria ou ailleurs. André ne servait à rien. Et à tout. À personne en particulier et à tout le monde. Ce vieux garçon était une merveilleuse oreille pour tous ceux qu'il croisait dans ces sentiers très fréquentés de la solitude contemporaine. André était long, long et maigre. Il avait une démarche de religieux enseignant, il avait porté la soutane brièvement. On aurait dit aussi un jardinier lunatique. Pas pressé. Il souriait toujours. Son sourire était souvent d'une profonde tristesse. André était né là même — faubourg à la mélasse — où il réalisait ses dramatiques. Des histoires le plus souvent d'une encre d'amertume, sur fond de désolation légère de l'être. J'avais publié un petit album et c'est lui, André-le-maigre, qui m'avait suggéré le titre : *Nous sommes tous des orphelins.* Ensuite, il a voulu l'adapter pour sa chère télé. Il l'a fait. Un père boxeur, déçu, et son fils champion de Formule I. En quête d'amour paternel. J'avais un certain plaisir à le fréquenter à cette époque, nous étions des antipodes. Il parlait tout doucement, en faisant de longues pauses entre ses phrases. Un calme olympien. Ça ne me ressemblait pas, mais les contraires s'attirent, s'étonnent et s'amusent. Rachel et moi par exemple. Calme, en apparence du moins, car je sentais qu'il bouillait, qu'il y avait, au fond de lui, une sorte d'impatiente quête, de quoi donc ? D'« absolu » ? Ridicule ? On s'attachait à lui malgré son vêtement d'écailles, rude, serpent lui aussi ? Il le savait, c'était un matou isolé, malin derrière ses grands airs d'indépendance. De détaché de tout. Personne plus que lui n'avait besoin d'affection, d'un peu de tendresse, mais il était inapte à le quémander, l'essentiel. Il vivait seul dans le haut de la rue Saint-Denis, à Ahuntsic, avec ses livres, ses disques et surtout…son Cutty Stark Whisky. J'étais certain qu'un type aussi sage, aussi « monastique » allait vivre mille ans. Je me disais qu'un André, à l'abri de nos folies, de nos abus, à l'abri de nos tempêtes, de nos excès de bouffe et de vin, un bonhomme si retiré, si tranquille, si maître de lui, allait tous nous enterrer un après l'autre. Non. Un jour, un écho surgit. André a rencontré le serpent du cancer. Il a d'abord perdu ses cheveux. Il a tout perdu ensuite. La vie elle-même ! Ô !

CINQUIÈME JOURNÉE

LA MORT D'UNE MÈRE

Maman était devenue absente depuis plus d'un an. On a beau s'y attendre, ça cogne, ça frappe partout. Mireille, ma quasi-jumelle, au téléphone : « Ça y est ! Ne viens pas, ce serait inutile, à midi pile elle est morte. » Plus tôt ce matin du début de novembre, j'étais à son chevet et ce n'était pas beau à voir. Dès mon entrée, dans sa chambre du troisième, rue Labelle, à ce Centre hospitalier Saint-Georges, j'ai senti une curieuse odeur. La mort. L'impression que je traversais un certain seuil pour la dernière fois. L'autorité médicale avait prévenu : dernier jour, plus que probable. Mes sœurs, toutes les cinq, étaient là, entourant le lit de l'agonisante. Raymond y était aussi. Elle allait mourir. La mamma ! Chante bonhomme Aznavour, chante la mamma. La benjamine, Marie, pleurait sans retenue, les autres s'épongeaient les yeux, toutes. Nous formons, selon l'occasion, une sorte de tribu de braillards, un clan de chiâleurs fameux, tous les Jaspin. Les infirmières que je croisais me jetaient un drôle de regard : « Un autre pour agrandir le chœur des larmoyants de la chambre 308 ? » Eh oui ! Penchée de travers, tout au bord de son lit, comme si elle voulait se sauver de là, maman respirait dans une sorte de masque, les yeux sortis de la tête. Une vieille grenouille traquée. Elle m'a regardé droit dans les yeux quand je me suis penché pour la voir. Un regard dur. Elle luttait. Personne ne veut donc mourir? Pourtant, depuis 1986, la vie, sa vie, n'était qu'ennui et solitude. Elle marmonna: «Je veux m'en aller!» Parlait-elle de quitter la terre ou la rue Labelle, pour aller dans la petite rue Ropery de son enfance, à Pointe Saint-Charles? Je l'avais conduite là, près du canal, un dimanche midi de 1985. Elle se souvenait de tout à 86 ans! De la boutique du papa boucher dans la rue Centre. Des deux églises, côte-à-côte. De son école et des amies du quartier. Elle les nommait. J'étais étonné. Devenu très vieux, la mémoire ne retiendrait plus que ce qui rappelle le bonheur, les joies, les plaisirs de la vie presque toute dépensée. J'ai aimé ma mère bien davantage que mon père. Elle était si gaie, chantant le soir venu, dynamique, très capable d'organiser nos jeux les jours de congé, de fête. Je m'amusais, pour faire enrager papa, à dire que j'étais davantage un Lefevre, comme elle, plutôt qu'un Jaspin. Quand notre père mourut, presque une année avant maman, Raymond avait écrit à l'hôpital-mouroir, dans un des carnets du chevet de sa chambre: «Si l'un d'entre nous ose révéler à notre mère la mort de papa, il faudra l'assommer!» C'était inutile puisqu'elle ne retenait plus rien bien longtemps. Quand j'y allais, de moins en moins souvent, elle m'appelait Antoine, son grand frère, médecin-accoucheur, mon parrain. Je ne corrigeais pas davantage quand je devenais Zotique, un autre de ses frères, ou Paulo, son beau-frère préféré. Que lui dire? Je me disais qu'il valait mieux la laisser voguer et divaguer dans son monde de souvenirs de jeunesse. Il lui arrivait parfois

102

de s'abandonner à de longs soliloques. Je ne saisissais pas tout, c'était des discours cohérents pour elle et décousus pour moi. Elle bavardait, racontait un léger déboire commercial de son boucher de père, une contrariété de sa mère, de nouvelles rencontres de couvent, un accident survenu à Saint-Henri, à côté, une course urgente qu'elle avait oubliée, une enseignante religieuse qui la couvait. Je la laissais parler, je l'encourageais même, convaincu que ces monologues lui faisaient du bien. Je n'existais plus. S'il m'arrivait, par un zèle vain, de vouloir lui faire préciser un détail de ses réminiscences, elle s'arrêtait net, me dévisageait avec un peu d'aigreur et me disait: «De qui tu parles donc là Clément? Es-tu devenu fou?» Je m'excusais. Je me taisais. C'était inutile. Chaque fois, on aurait dit qu'elle ne retrouvait plus les fils usés de ses marionnettes. Un peu avant sa mort, un matin de lucidité, elle se dressa un peu dans son lit et me jeta: «Et "peupa"? Personne ne me parle plus de "peupa". Il ne vient plus. Je ne le vois plus. Depuis longtemps. Qu'est-ce qu'il fait "peupa"?» Elle le nommait ainsi et je pensais chaque fois à «peupa» «peut pas». Il ne peut pas! Toute sa vie, «peupa» la passa dans son abri. Dans son resto de sous-sol. Dans sa caverne. Un antisocial. Gervaise, ma mère, n'avait pas de mari, pas de compagnon. Elle devait se contenter de ce planqué, ce réfugié, cet homme sauvage dans son abri de ciment, sous le logis à marmaille. Maman en a souffert toute son existence. Nous, les enfants, n'avions pas de père qui part le matin, qui rentre de son travail le soir. Non. Nous avions un père caché dans la cave!

103

Je n'en pouvais plus ce jour-là de ses «où est donc "peupa"?» et je m'approchai tout près d'elle pour lui articuler tout doucement, en lui pressant les mains, deux petits paquets d'os pointus : «Il est parti, maman! Il ne reviendra pas! Il est là-haut, au ciel, et il t'attend maman!» Elle m'a regardé avec surprise, mais calme, n'a fait que : «Ah oui? C'est mieux comme ça!» J'invoquais, en rentrant, le pape Sygmund Freud et le cardinal Carl Jung : «Est-ce que je ne souhaitais pas qu'elle meure au plus vite en lui révélant, malgré l'interdiction de mon frère, la mort de son mari? Qu'elle parte!»

Au téléphone, le jour de sa mort, j'ai dit à Mireille et à son «inutile de revenir» : «Bon! Je vais donc me rendre au studio pour mes dessins du jour. On doit m'attendre. Après mon émission, je t'appelle.» Mireille pleurait en raccrochant. J'ai couru vers Marguerite, l'animatrice et, roulant vers la gare Jean-Talon et T.Q.S., je me souvenais que c'est par Mireille, ma quasi-jumelle, que j'apprenais toujours les nouvelles du clan. Il y avait une complicité entre nous. Elle était garçonne, enfant, me suivait partout dans les ruelles de Villeray. À dix ans, elle jouait solidement au baseball et, toute la bande, nous ne rechignions plus de l'avoir avec nous au parc Jarry ou au parc Boyer. À la patinoire du Shamrock ou au marché Jean-Talon. À vélo, ou en patins à roulettes. Ce jour du mois des morts, Mireille débordait de larmes. J'avais constaté depuis son adolescence qu'il y avait une sorte de sourd conflit entre maman et elle. C'était un mystère opaque. Je sentais qu'il y avait comme un secret. Une détestable source d'hostilité

permanente. Je ne savais pas ce qui séparait cruellement ma mère de ma quasi-jumelle de sœur. Je ne
cherchais pas à savoir. C'était sans doute, me disais-
je, des secrets de femmes. La mort de maman semblait la déranger, empêcher le traité de paix. La mort
récente de papa avait secoué mes sœurs, il s'agissait
d'un ultime ratage, la disparition du tout premier
homme, dans la vie d'une fille, cette mort du père
semblait aussi avoir soulagé mes cinq sœurs, comme
si ces anciennes petites filles étaient subitement dé-
chargées d'un échec funeste. La mort de maman, je
le devinais, était une affaire d'un tout autre ordre. Je
pressentais de la rage et j'allais entendre des propos
durs, très durs. Je prendrai conscience que la vraie
délivrance ne s'accomplit jamais, que cette mort allait exacerber des plaies vives, des avortements cruels.

Arrivé à toute vitesse au studio, je fonçai vers la
salle de maquillage. Routine. La coiffeuse, Rollande,
me dit : «On dirait que vous venez d'échapper à un
tigre.» C'est fou, moi, un homme, élevé en «homme
des anciens temps», je sens des larmes dans mes
yeux, envie de me confier pour une fois. Je vais au
téléphone. Le bureau de Rachel. Elle me dit : «Oh!
C'est mieux ainsi. Ta mère ne jouissait plus de rien
avec cette vie-là.» On veut tant consoler. Ça m'a fait
du bien. Je retourne à la grosse chaise. Graisse. Couleurs. Brosse. Pinceau. Le maquilleur voit bien mes
yeux mouillés : «Quelque chose ne tourne pas
rond?» Je lui dis : «Ça va aller. Une femme forte, pas
trop heureuse, mais qui a chanté toute sa vie, ma
mère, elle est morte tout à l'heure.» J'avais voulu que
Rachel connaisse mieux cette mère courageuse, je

n'ai pas pu, pas eu le temps. Elle l'a assez connue tout de même pour me dire : «Je sais maintenant de qui tu tiens tant d'énergie, tes façons brouillonnes, tes manières bousculantes, tes rires, tes folichonneries, tes cris de stentor, ta santé fracassante et parfois embarrassante, ta mère! C'est clair et net, ta chère Gervaise!» Le maquilleur a mis sa main sur mon épaule. Il a fermé les yeux. Un arrêt. Puis, il m'a souri. Sa discrétion m'a fait du bien. Pas de chichi. Pas de paroles vaines. Juste sa main sur mon épaule. La pression amicale de sa main. Ensuite, les cris du régisseur : «Tout le monde en haut, sur le plateau. On va faire le tour. Dépêchons.» J'y vais, le cœur à l'envers. Vite, maman, monte au ciel, vite, vite! Papa y est et il t'attend! Le plateau de télé. Mon coin du décor avec mes lutrins, mes cartons blancs, mon jeu de feutres. Jamais d'aquarelles ou de gouache en studio, faut pas que ça bave, faut pas que ça coule! En vérité, je refusais à ce médium vite fait, la télé, la noblesse des pinceaux, les subtilités de l'aquarelle. On me bouscule, on me force à pondre, on fait voir du pas-fini, du mal-inspiré. Très bien, pas de pinceaux, que les feutres de couleurs. Et les bombettes aérosol. Ça suffit pour putasser, divertir seulement un public peu attentif, distrait, pris par autre chose, qui vous observe d'un seul œil, qui vous écoute d'une seule oreille. Public de télé distrait, moi comme les autres, jamais vraiment concentré, jamais captivé à fond, se laissant volontiers déranger par un coup de téléphone, par le chien qui cabriole, le bébé qui grimace, le facteur à la porte, le livreur de vaines commodités. Public flou et mou, cerné par le grille-pain, l'eau courante, le frigo, la cuisinière, le fer à repasser, le four à micro-ondes, l'ordinateur, et quoi encore? Alors les feutres, ça suffit. Nerveux, je range sur le rebord du lutrin les esquisses de mes quatre victimes politiques du jour. Marguerite, je l'ignorais, a été prévenue par le maquilleur. Avant même que je puisse tirer un trait de feutre, elle me demande, devant les caméras: «D'abord si tu nous parlais d'elle, celle qui vient juste de mourir! Ta mère?» Coup de tambour dans ma tête! L'enfant blessé, caché sous la galerie, découvert par tous! Que dire? Mon Dieu, qu'en dire? Énervement. Surprise totale. Je veux dire tout. Ou rien. Ne pas trahir la mémoire. C'est trop court la télé. Toujours trop court, et c'est trop long une vie. Trop compliqué: un garçon et sa mère. Je parle. Je n'entends pas trop ce que je dis. Il pleut dehors ce jour-là. Ça me revient, la pluie, l'école. Me voilà, m'entendant dire: «Alors on avait honte d'elle. Tu comprends? C'est stupide mais, devant tous les autres gamins, maman nous faisait honte! Il pleuvait et notre mère, mère-poule protectrice, était venue dans la salle de l'école, toute mouillée, nous porter nos imperméables, des cirés jaunes, nos chapeaux de caoutchouc, nos claques et nos bottes. Elle nous attendait, devant tous les élèves. Les cheveux défaits, enlaidie, une mère dégoulinante. Alors, je le regrette, mais j'avais honte. Je voulais rentrer dans le plancher de l'école. Est-ce que c'est assez bête des enfants?» Me voilà, les yeux mouillés! Remords, cette honte niaise, rue de Gaspé, à l'école du même nom. Me voilà, suffoquant et incapable de continuer. L'animatrice, pas moins troublé par cet aveu soudain, garde le silence. Ma peine. Ma douleur. Tout ce qu'une mère fait. Une vie a fui. Trop tard pour la reconnaissance. J'ai honte de ma honte imbécile. Le régisseur fait signe. «Pause!» Rentré chez moi, seul, je ne savais plus quoi penser. Envie de nouveau de parler à Rachel. Non. Résister, faire face. Il n'y a plus de placebo. Rachel n'est pas ma mère. Ne doit pas jouer un rôle de mère. Les hommes restent-ils des gamins? Maman était morte. Ne pas m'accrocher à une autre femme. Rachel n'est pas une mère. Rachel est ma maîtresse. Ne pas insulter Rachel. Rester seul. Avec le souvenir. Savoir que plus jamais je ne m'entendrai dire «maman».

Nous habitions un nouveau logis. Un vieux cottage de la rue Durocher. La rue Cherrier — on l'aimait bien — était devenue invivable. Pas moyen, par exemple, de stationner aux alentours. Encore moins dans notre rue. À la mort de Denise, j'avais donné en cadeau à mes enfants: la maison de leur jeunesse. Ils l'avaient vendue et, ainsi, ont pu s'acheter une petite maison bien à eux. Le chalet de Pointe-Calumet aussi. Cadeau! Vendu par Viviane et Damien. Sans doute que je cherchais à les consoler. À compenser la mort tragique de leur mère. Il a donc fallu que j'emprunte pour ce cottage sur Durocher. Ce novembre, avec la mort de maman, me sembla plus funèbre que jamais. J'avais émondé de hauts et gras lilas et je voulais faire des fagots avec toutes ces branches coupées. Une pluie fine, toute fine, presque invisible se mit à tomber. Les feuilles mortes luisaient. Deux écureuils couraient, fous, sur les fils électriques. Une chatte énorme, inconnue, sortant de je ne sais où, vint s'installer sur la rampe de bois du balcon et me fixa dans les yeux. Je lui disais: «Ma vieille mère vient de mourir.

Quatre-vingt-huit ans!» La chatte ferma et ouvrit ses yeux d'agate plusieurs fois. Je suis rentré, trempé. J'ai ouvert deux albums, celui de 1976 et celui de 1980. J'avais dessiné, je l'ai dit, mon enfance, petit monde des années 30 et 40. Résultat de leurs succès en librairie, des réalisateurs avaient adapté ces b.d. en feuilleton télévisé. C'était de l'autobiographie bon-enfant et ça avait plu. Je regarde sans chronologie des tas de photographies. Et, folie, je choisis une photo de maman et tape à la machine un communiqué pour la presse! Je veux que notre petit univers apprenne que la mère Gervaise Jaspin vient de nous quitter à jamais. Je cours faire photocopier mon annonce. Enveloppes. Adresses des quotidiens. Timbres. Boîte aux lettres. Drôle de sentiment d'un devoir accompli. Tous, par ici, sauront que la femme de mon enfance est morte. Je dois être devenu fou. J'ai moins mal. Je vais mieux. Je respire plus librement. Mireille, au téléphone : « T'en fais pas, avec l'aide de Marie, tout est déjà arrangé.» Elle me parle de la couleur du cercueil, de l'achat des bouquets de fleurs, de la lingerie, du salon Bourgie rue Saint-Denis et Faillon, du curé de Sainte-Cécile, les heures des visiteurs. Mireille se distrait pour ne plus pleurer. Inconsolable? Nous vieillissons, on sait bien que les parents vont mourir. On le sait depuis longtemps. Un des fils de Viviane m'interroge là-dessus à brûle-pourpoint : «Quel âge j'aurai, à peu près, quand tu vas mourir, papi?» Surprise! Il répète sa question. Je dis : «Tu auras à peu près vingt-cinq ans!» Il dit : «Ouf! Alors j'aurai plus besoin de toi!» J'aime la franchise totale des jeunes enfants. Il a raison. Il n'aura plus besoin de moi. Enfant, nous n'osons pas penser au malheur.

Sauf, peut-être, les grands jours de grave déception. On se dit qu'ils vont mourir ces deux effrayants, ces deux terrifiants, ces deux contrôleurs, papa et maman. Ces deux complices diaboliques. Ces deux responsables de notre venue au monde. Un jour, ça y est! Les deux vieux vident la place. L'une, puis l'autre, lui. Ou l'inverse. Deux béances. Deux trous. Deux vides. Nous voilà pantelants. On aurait voulu du temps. Hypocrites que nous sommes. Il y a des dettes qui ne se remboursent pas. Je calculais. Je devenais un peu gaga! J'étais pris de regrets. On m'avait confié, moi le bavard officiel du clan, le petit sermon pour la messe des funérailles. Que dire? Pour papa, j'avais brodé un long cheminement généalogique à partir des Jaspin du Poitou, venus, disait-on, au septième siècle, de l'Espagne des Berbères, Maures, Sarrazins, envahisseurs, j'avais fait de papa, dans mon «sermon» un descendant sémite-voyageur. Pour maman, j'étais mal pris. Il y avait trop de choses. C'était encombrant. L'ami de Mireille m'avait offert une calculette sophistiquée et je me suis mis à faire des calculs fous. Calculer les services d'une mère. Effarant bilan de soins. Je me jugeais un fils ingrat. Je nageais dans les chiffres. J'additionnais, je multipliais. Folie? J'étais dans le «rouge». Nous étions tous endettés. Vingt ans, rue Saint-Denis, moi et les autres. Sept mille jours à compter sur la mère. Sept mille nuits. Mes vingt mille repas servis. Près de deux cent mille repas si je multiplie par les neuf bouches à nourrir. J'étais submergé. C'était con. C'était vrai pourtant. Mille semaines, mille, d'entretiens de toutes sortes. Mille lavages avec de vieilles machines à laver bruyantes tous les lundis matins de sa vie. C'était terrible. Je voulais m'arrêter de calculer, mais je ne pouvais plus, j'étais assommé et fasciné. Sept mille jours, pauvre maman, à me guetter d'abord, à me torcher, à me nourrir, sept mille jours à me guider, à me raisonner, à me protéger, à me gronder, à me veiller les jours et les nuits de maladie. Une mère a mal quand on a mal. Une mère espère quand on espère. Rit avec nous les heures de bonheur. Une mère a honte souvent, est fière parfois. Oh, j'avais mal, tout ce fatras, cet Himalaya de tendresse, de bonté. Ce Niagara d'eau de lessive, de larmes, de merde, de sang. Puis la mort et l'oubli. Je n'arrivais pas à cesser cette connerie de calcul. Je me disais : elle nous aimait. C'est tout. Elle m'aimait. Cesser d'aligner ces chiffres stupides. Ça me reprenait. Neuf bouches à nourrir, je notais. Ça faisait donc 190 000 repas à préparer, à servir chaud. Debout entre sa misérable cuisinière au gaz à quatre «ronds» et son comptoir aux tiroirs lourds, aux armoires surchargées, le vieil évier écaillé et la cuvette de faux granit plus profonde à côté, la glacière, si longtemps, le petit radio de bois, seule évasion, la planche à repasser, matelassée, le réservoir à eau chaude, ma mère que je transformais en antique robot de cuisine, ma mère en machine-outil. Suffit! Assez! Épuisée, cette femme, le soir venu, chantonnait : «C'est l'angélus, c'est la montée du soir...», cette femme avait un cœur, elle pleurait et elle riait. Elle aimait la vie, elle maugréait aussi, mais elle se consolait, avec tout autour d'elle, tant de voisines ligotées aux mêmes corvées. J'ai remisé la calculette-maman. Dans la lumière jaune du soir, une femme se repose, ses mains vont et viennent au-dessus des plats, elle équeute des fraises qu'un maraîcher ambulant lui a vendues tout à l'heure. Elle fera des roulés, il fait chaud, elle dit à la voisine qui reprise des chaussettes : «Mon Clément en raffole.» Moi, par la fenêtre ouverte sur juillet, je suis bien, à entendre parler ma mère, ma merveilleuse gardienne. J'ai huit ans et il ne m'arrivera jamais rien puisque maman parle doucement dans le soir et qu'une bonne odeur de fraises fraîches entre par ma fenêtre. C'est ça une mère, pas une feuille de chiffres bêtes comme tout.

Les enfants de Gervaise ont vieilli. Avec des bosses. Durs coups. Des blessures. Des chagrins. Ils sont vieux. Quand ils se rencontrent, les soirs de grande réunion, ils parlent fort et ils rient parce que leur mère, le dimanche, jouait très fort, à deux mains sur le vieux piano du salon, oui, ils font beaucoup de bruit, parce que maman, certains mauvais jours... criaient après eux à tue-tête. Je me souviens de ces dimanches quand, avant de servir le rosbif, maman chantait à gorge déployée ses chansons romantiques de jeune fille de 1925, je sortais en pensée par la fenêtre entrouverte du salon, je flottais sur un nuage très doux, rose. Cette jeune femme exténuée et joyeuse a été mise en terre en ce début de novembre de 1987, derrière l'église de Ville Saint-Laurent. Elle est avec «le bonhomme», comme elle disait. Avec «peupa». Avec celui que je nommais Esdras ou Edmond dans mes albums. La terre nous les cache. Les enfants grandis quittent le cimetière. Les vrais petits-enfants, ce matin-là, les regardent sans comprendre. Ils sont vieux, ils ont quarante ans, cinquante ans, et regardez-les s'en aller, jouant les orphelins, les yeux rougis, c'est qu'on a de la peine quand on a été aimé si longtemps. Pour les autres, les mal aimés, je ne sais pas, je les plains!

Pour *Le serpent dans le pommier*, mon album suspendu, aux titres changeants, j'avais inventé un vrai château. Il y en avait un, à part l'hôtel du même nom, à Pointe-Calumet. On disait le «château des Allemands». Mon vieux voyou — moi — découvrait qu'on y cachait un baron belge, Dempain, un fasciste. On parle tellement de ces groupements de néonazis. Les actualités déteignaient sur mon récit du repenti-à-la-recherche-du-temps-perdu et peintre d'enseignes. La réalité me rejoignait. J'avais voulu un album onirique, j'avais souhaité une b.d. d'allure presque anarchique. Au départ, je voulais une liberté totale, nouvelle. Mais, de page en page, les dessins rapetissaient, les ballons grossissaient. Une fois de plus, les mots triomphaient et je prévoyais que les amateurs allaient encore me reprocher «trop de textes». Manie que j'avais de délirer davantage en paroles plutôt qu'en actions. C'était si difficile! Si longtemps, je me suis levé de bonne heure, devant ma planche à dessin, je faisais démarrer un projet d'album dessiné où je me jurais qu'il y aurait surtout des dessins avec des lignes audacieuses, des images inédites. Ce n'était pas long que la bataille cessait, mon graphisme s'amenuisait, se ratatinait, laissait la place aux mots. Toute ma vie, il m'avait donc fallu livrer ce drôle de combat entre l'innocence de la peinture, la sauvagerie de l'image, comme en musique, et ce besoin d'expliquer, de paraître intelligent, cartésien, astucieux. Gros malin de foire! Dans cet album abandonné, j'en faisais trop, il y avait le château des Allemands, sa milice de jeunes, enrôlés

113

volontaires parce qu'ils veulent un projet, une volonté au-dessus d'eux. Ils ont peur d'une existence plate, sotte, sans aucun sens. Alors ils deviennent monstrueux pour contrer un désœuvrement qui les obsède. J'avais donc ce héros pathétique qui tentait de reprendre sa vie. Mais je dérapais. Ma Rachel, que je nommais fictivement Raymonde, devenait comme trop mythique. Fausse. J'avais souhaité du sang, de la boue, de la sueur, du sperme, de la chair et, encore une fois, je faisais l'intelligent, le logique. Las de ce débat entre verbiage et action, je me disais : « Il y a une solution, oublier la publication d'un album à chaque année, beau temps, mauvais temps, la solution, me remettre à la peinture. À la poésie sauvage des couleurs. Redevenir l'étudiant en art. » Je me disais : « Courage. Il te reste, quoi, dix ans à vivre, vingt, si tu as la santé, alors, vite, dis "adieu" aux mots. » Je me secouais. Bon, bon, que je me disais, je termine *Le serpent...*, mais, après, fini l'histoire plus ou moins inventée. Pouvais-je devenir un artiste avec un grand A ?

Je ne sais plus où j'avais lu ça : « Dans une vie, on traverse des déceptions, peu de chagrins véritables. » À une époque, j'allais avoir 59 ans, je sortais de quelques déceptions. Comme chaque nouvelle année en apporte. Je cherchais un nouveau scénario de b.d. Un vieil enfant suractif. Il s'agissait d'une nouvelle phase dans ma production, les habitués en avaient été surpris, je dessinais, carreau après carreau, ma vie quotidienne, en 365 carreaux pour les 365 jours d'une année ! C'était une première, une b.d. sous forme de journal intime. D'autre part, j'en avais par-dessus la tête de cette émission d'après-midi, salmigondis pour ménagères, assistés sociaux et hospitalisés. Je devenais insupportable. Surtout à moi-même, ce qui est plus grave. Je me répétais que je n'avais pas enduré vingt-cinq années d'un job régulier pour le *Journal* pour me retrouver dans une autre situation de routine où on moisit. Cet emploi quotidien de barbouilleur télévisuel me pesait. J'en rêvais. Cauchemar d'un peintre pris dans une vasque de Jello visqueux, je peignais avec de la mélasse pesante les inévitables gueules des mêmes protagonistes des actualités. Une corvée. Pénible. Je cherchais une voie de sortie, un prétexte poli, une fausse bonne raison à donner au réalisateur de la série. La simple vue de ma boîte de crayons-feutres en studio me donnait la nausée. Mon travail d'illustrateur montréaliste en souffrait, j'avais perdu mordant et piquant. Je devenais la pâle imitation du fringant vitupérateur d'antan. Je me répétais que tant de jeunes dessinateurs, en chômage, prendraient volontiers la place. Je tentais de me convaincre : «Débarrasse! Démissionne! Lâche! Vénal! Mou!» Alors, il y a toujours eu cette sorte d'ange dans ma vie; un bon matin, c'est classique, j'ouvre le *Journal* et je lis : «Fin de la série : *Un jour à la fois* à TQS». Soulagement. Un métier différent allait se présenter à moi. J'allais avoir soixante ans pourtant! Un directeur me faisait confiance. Fin du barbouilleur intempestif! Au lieu d'illustrer, j'allais parler! Seulement des mots! Le contraire même de mon idéal d'album dessiné avec le moins de bulles possible. Une nouvelle série de télé. Jaser sur les arts visuels. Commenter des expositions. Mais pas trop de critiques! Pas populaire. On m'explique. La station a besoin de public. On veut surtout me voir commenter des livres «sur» l'art et, surtout, «plus populaires», des albums dessinés. Je devais aussi «jaser» architecture, artisanat. Surtout? Surtout les faiseurs de vidéoclips! Un peu de mode. La publicité. J'aimais les designers. Je savais le poids des mots, j'allais les choisir. Avec la b.d., l'espace est précieux. Les bulles doivent être incisives, elliptiques.

J'avais une chaise désormais. Une tribune. Fini le lutrin du dessinateur où je me cachais parfois. J'avais un fauteuil de discoureur. C'était nouveau pour moi, l'oral. J'aurais quatre minutes. Parfois cinq. Rarement six. Toujours résumer sa pensée. Ramasser succinctement des idées. Pas facile. Ça m'excitait. Un nouveau métier, c'est stimulant. Le dessinateur devenu jaseur. Le bonhomme aux dessins colorés se muait en haut-parleur. Je me suis jeté à l'eau, une animatrice, Claire, m'aidait, tout miel, toute beauté, toute solidarité. De semaine en semaine, je m'habituais. *Le serpent*, lui, dormait, cet homme, atteint de naissance par l'ichtyose, dormait. Sera-t-il, un jour, une femme? Sous mon pommier de l'éden de Pointe-Calumet, je placerais alors deux femmes, une Ève et un reptile femelle. L'amour perdu et retrouvé avec cette femme-sirène. Quand? Le printemps s'amena, cette année-là, surprenant et fringant. Tout avait dégelé très rapidement. Rachel embellissait. Viviane allait mieux. J'allais mieux. J'avais dessiné toute ma vie. J'aimais parler! Mon entourage vous le confirmerait. J'apprenais à parler sans aucune redondance. Une loi des médias. Je découvrais la parole brève, précise, coupante. Comme un jeu. Le mot exact. L'expression qui porte. C'était essentiel. Un monde raide, le précis, comme les textes dans les ballons dessinés, mais sans aucun crayon, plume ou pinceau. Le métier m'amusait. Un matin du mois de mai, encore l'annonce sèche et bête, la manière de faire, grossière, de la plupart des diffuseurs : «La série prend fin, ne reviendra pas en septembre.» Et bang! On ne s'habitue pas chez les pigistes! Bien terminée mon époque pépère au *Journal*. J'avais vraiment joint la bande des ballottés, toujours surpris quand ça ferme brusquement, toujours étonnés quand ça ouvre. Saltimbanques modernes, petit monde des coureurs de cachets, gitans modernes. Boulot aujourd'hui, demain, tu n'en auras plus! L'été venu, à ce chalet laurentien que Rachel s'était payé à coup de nuits de montage, d'aubes de mixage, je pris la résolution, une fois chômeur, de terminer ce curieux *Serpent dans le pommier*. J'étais décidé à crever les préjugés, à me foutre des tabous. Les idées toutes faites s'y feraient tabasser. Le socialiste bourgeois de salon, bien éduqué, sera choqué. Mes entrepreneurs du mégaprojet seraient des gens honnêtes. Les écologistes seraient des magouilleurs. Des coureurs de subventions. Des parasites. Les petites gens, d'abord énervées, retrouveraient le gros bon sens. Pointe-Calumet, ce lieu moqué, ce lieu bafoué, se métamorphoserait en un magnifique éden, avec ses pommiers du comté des Deux-Montagnes, fleuris en beauté. J'allais faire enrager tous les bénis-oui-oui de la rectitude politique. Pas de chômage! *Le serpent* allait être un ouvrage inoubliable. Mais le destin, avec sa gueule croche, le «fatum», avec ses coups tordus, veillait. Ne dort jamais, le salaud!

TOMBEAU V

Louis B. était tout petit. Un nabot presque. Et si maigre. Il avait été capucin ou franciscain, je ne me souviens pas. Un rêve d'idéal quand on n'a pas encore vingt ans quoi. Il avait compris ensuite que la vie laïque avait du bon. Il venait de la Côte de sable ou pas loin de cet Ottawa de la petite bourgeoisie. Son père avait jadis tenu la quincaillerie au coin de Saint-Denis et Saint-Zotique, dans ma petite patrie chérie, avant de s'exiler dans la capitale fédérale. Louis B. était un garçon curieux de tout, il ricanait plus qu'il riait, il avait une vision très nette et très dure des existants, il ne se faisait aucune illusion. Le type même du lucide, mais qui ne désespère pas, qui rit sous cape de l'agitation humaine imbécile et pathétique. C'était un habile réalisateur de mélodrames populaires de la télé. Il en avait signé une série de ces séries. Il me racontait des anecdotes savoureuses. Un jour, il a voulu — son droit après tant de labeurs acharnés pour mettre en images populaires toutes ces historiettes à faire pleurer les Margots du territoire —, un jour donc, il a souhaité signer une dramatique costaude. Une «vraie» histoire fausse. Il m'avait approché, j'en fus

118

flatté, il aimait mes petits dessins quotidiens et mes albums aigres-doux. Je lui avais concocté un sous-marin, une sorte de lieu aquatique, submergé et habité par une faune humanoïde.

C'était le pub «Royal» de ma jeunesse, celui-là même que j'ajoutais au début de mon album en suspens, Le serpent. Louis B. avait longtemps fréquenté, comme moi au début des années 60, cette taverne littéraire de la rue Guy. J'y avais installé les figures connues de nous deux : le Russe enfui, Alexis, l'Allemand grognon, Hugo, le Parisien brillant, Patrick. Enfin, toute la bande, les sept piliers de mon nautilus dérisoire. On lui refusa le projet, hélàs! Louis B. encaissa le coup. Pas un mot de trop. Il était ainsi. Philosophe. Patient. D'ailleurs, il allait certainement vivre cent ans lui aussi, comme André, et il devait se dire qu'un bon jour, on l'autoriserait à l'art! On lui intima l'ordre de demeurer dans le «populaire» puisqu'il y faisait florès. Attention à cela, jeunes gens du monde entier, un succès est dangereux. Un succès peut cacher plusieurs échecs. Au bout du compte, la vie passe et vous voilà condamnés à refaire sans cesse ce que vous ne vouliez faire qu'une seule fois. Louis-le-doux adapta donc mon album sur les adolescents du boogie-woogie à Pointe-Calumet. Il le fit sans prétention, avec beaucoup de métier, et ce fut populaire. Les directeurs étaient contents, Louis aussi. Nous étions devenus de bons copains. Unis, fiers de l'honnête boulot parahistorique. J'avais même mis, comme dans mon album, un nain. *La vérité. Celui qui tenait le restaurant du dancing du père Kourian, l'Arménien, en 1948. «Les camaraderies durent le temps d'un film» déclarait en entrevue Cyrano-Belmondo. C'est vrai aussi pour la télé. Une série s'achève et chacun rentre chez soi, retourne dans sa vieille case en attendant le prochain boulot. Adieu l'amitié de circonstance. Chaque production engendre un clan, rapidement dissout. Je ne revoyais plus mon attendrissant metteur en images. Je savais qu'on allait l'affecter à un autre projet et qu'une nouvelle famille unie se formerait sans doute. Je savais qu'il vivait toujours sur la rive-sud, qu'il devait être moins pris par sa bande de garçons, bruyants, arrivés à l'âge d'essaimer ici et là. Puis, lui aussi prit sa retraite. La vraie, car il avait l'âge. Ces utiles et habiles chevaux de trait de labour, industrieux et pratiques, peuvent en crever de ces soudaines mises au rancart. Louis B. tomba malade, lui toujours dans une forme splendide, jamais fatigué, toujours capable d'une joyeuse rencontre arrosée à la plus proche brasserie. Un jour, oui, le téléphone! Ariane, son épouse: «Mon Louis vient de sortir de l'hôpital. Si tu pouvais passer le voir. Tu as une heure? Une petite heure?» Je m'y précipite. Mon réalisateur est devenu squelette. Il me fait peur. Son visage tout petit est une pomme cuite, mais il a gardé son sourire de séraphin. Louis est une sorte de saint. Il me parle aussi doucement qu'avant son insidieuse maladie. Sa voix est un filet, il me dit: «Je suis fini.» Je proteste. Il me fait voir une mince récolte de sa nouvelle passion: des tableaux à l'huile* de la candeur du peintre naïf. J'en veux un. «On verra ça!» Le sacripant, il me tient, il veut me voir revenir. Il me remémore les péripéties du tournage à Pointe-Calumet. Je lui parle de mon nouveau métier. Je le quitterai en me disant que ces êtres menus mais pleins de nerfs, vivent très longtemps. Quinze jours passent. Ariane encore. Encore le téléphone : «Louis est mort! Viens prier avec nous demain à la chapelle des Dominicains de Saint-Lambert.» J'y suis allé. Louis B. avait fait travailler une centaine d'artistes. Au moins. Mais ils étaient quatre autour du célèbre père Ambroise. Normal? La tribu des gitans déteste la mort. C'est la guigne, personne de plus superstitieux que les acteurs. Ils fuient la camargue, ils font rouler leurs charriots modernes sur les chemins jeunes, nouvellement tracés. La vie.

SIXIÈME JOURNÉE

L'ALBUM INTERROMPU D'YVETTE

Dieu, *Jack of all trades*, en six jours, installait l'univers. Se reposa le septième, contemplatif. Ce que raconte le vieux «testament». Faire le monde, le mien, en six coups, en six chapitres. Est-ce avoir voulu faire trop court? Ma vie en six parties. Par modestie, par besoin de ne pas radoter, de ne pas me perdre dans un déluge de mots vains, pour combattre la mode, lierre tenace, des sagas épaisses et radoteuses. Difficile? J'ai l'habitude grâce à mon métier de bédéiste. Il y faut, je le redis, un minimum de mots dans un minimum de ballons. Voilà une nouvelle sphère pour pratiquer l'économie verbale : la radio! Girouette? Je voulais cesser d'écrire, je souhaitais abandonner un de mes deux rôles, celui de scénariste, de librettiste de b.d. Je retarde le grand moment de m'abandonner à l'art pour l'art, à la peinture d'art? J'accepte volontiers (mon goût du neuf?) l'offre faite par un jeune directeur de station-radio de parler tous les jours dans un microphone. Ben Charles insiste : «Tu as tout pour y réussir, le bagout, le culot, le sens des images.» Je lui dis oui et chaque après-midi, je me pointe dans un studio, rue Papineau, je m'installe le «casque» à écouteurs et je m'ouvre la trappe pour vitupérer, pour m'objecter, pour m'indigner, redevenu caricaturiste, pour fustiger les acteurs des événements du jour. Au revoir *Le serpent*. J'ai tout fermé. Je découvre avec plaisir le pouvoir des grandes gueules bien payées, pour ergoter, vaticiner, pérorer, éructer, pour régurgiter, par intermittence, des flots de propos qu'on souhaite toujours brillants, surprenants, dérangeants. Désopilants s'il y a lieu. J'y prends vite plaisir. En été, c'est le bon temps pour essayer de nouvelles margoulettes. On me corrige, on m'initie. On semble satisfait de ce dessinateur métamorphosé en jaspineur! Je viens de m'installer sur ma chaise de commentateur des actualités qu'éclate la crise amérindienne. Quelques vieux délinquants américains des réserves de Saint-Régis, de Plattsburg, montent à Oka, excitent des ados, dressent des barricades et jouent les terroristes masqués avec les populations de travailleurs en otage. On bloque un pont à l'ouest de Montréal. Des voyous aux trafics louches entraînent la troupe des masochistes de la culpabilité morbide. Ces masochistes d'Amnistie, du Pen club, de Greenpeace se lèvent un peu partout, jusqu'en Europe et dans tous les camps des nouveaux bien-pensants. Bref, soudain, en ce chaud juillet, plein de cons sur qui taper! Je ne m'en prive pas. La farce tourne à la foire et les gouvernants, mauviettes, poltrons, se réfugient dans l'inaction, dans une sordide impuissance. À la station, nous sommes quelques-uns à nous déchaîner face à ces pleutres émasculés. La bataille prend de l'ampleur tout l'été, d'une part, fatras de déclarations incendiaires, d'autre part, pacifisme lâche. Les médias s'agglutinent, c'est le cirque. Me voilà, l'artiste, micro au cou, au beau milieu de la mêlée et me voilà amusé par ce nouveau rôle. Gueuler. Secouer. Rire aussi des pusillanimes planqués. Drôle de métier! Les mois passent, et j'ai tout oublié de ce maudit *Serpent* caché dans les marais de la grande Baie du parc Paul-Sauvé. Je me donne à mon rôle tout neuf. Mon recyclage me désennuie. Je me dis: «J'aurai bientôt soixante ans et j'ai eu l'occasion de muer de nouveau. Avoir sept vies! Être ce mythe, phénix toujours renaissant de ses cendres! Je découvre peu à peu que la radio est un médium de liberté, pas de stress grave, pas de costumes, comme à la télé au printemps dernier, pas de maquillages. Aucun éclairage à ajuster. Un métier aérien, facile d'accès. Un jouet qui me séduit. Autour de moi, beaucoup de très jeunes gens, ce qui est stimulant, d'autant plus qu'aucun d'eux ne fait montre de pieuse condescendance à mon égard. Ça joue dur. Partout. Et cela me convient. Je dois apprendre quelques règles de base. Ne pas chevaucher le co-animateur. Ne pas élaborer un propos trop longtemps. Comprendre le va-et-vient des auditeurs. L'auditeur, chez lui ou dans sa voiture, est libre de syntoniser la station qui lui plaît sur le moment. Quand septembre s'amène, implicitement, on me garde. Je suis en train d'oublier l'album à finir, mon ancien monde. Celui des albums. Un monde de *happy few*, calfeutré, plus élitiste; maintenant, je dois captiver un public vaste, m'insérer en vitesse entre la météo, la circulation et les publicités incessantes. J'ai un instructeur volontaire, Armand Paul, l'*anchorman* de la station. Nos face-à-face quotidiens deviennent l'arène des injures contrôlées, des insultes calculées. La bagarre. Je me transforme en matamore strident à l'occasion. Des sourcils se froncent. Il y a des appels. Certains s'indignent. Il y a des lettres courageusement anonymes. Je suis «un vieux con de réactionnaire fini et qui pue la charogne fasciste du néo-nazisme». Un columnist à triste figure, ordinairement plus mesuré, publie dans son canard : «Hitler est vivant! On peut l'entendre l'après-midi à la position 1280.» D'autres appels: «Courage, continuez! Vous êtes la voix des citoyens trompés et manipulés.» Aussi des lettres me disent: «Vous avez l'audace rare de clamer sur les ondes ce que les petites gens ne peuvent dire nulle part à haute voix.» Il faut être blindé. Il faut ne rien connaître du mot «susceptibilité» quand vous acceptez d'entrer dans ces cages de verre où tout le monde a le droit de vous conspuer, ou de vous louer. Je m'amuse. Je me prends au jeu. Des admirateurs me tentent: Ô Jésus au désert, S.O.S.! Un curieux et riche ingénieur me fait la cour. Ce Xavier joue un rôle mystérieux dans le midi de la France. Un autre, Zénon, expatrié polonais, est captivé par ma faconde et songe à une revue, un journal «de la colère». On m'invite à prononcer des conférences dans divers clubs. Je refuse tout. Assez de mon temps de studio. Et je veux rester un esprit libre, sauvage, je refuse de m'inféoder à quelque parti que ce soit.

L'an dernier, même saison, je vivais une sotte expérience dans un parti politique, infesté de calculateurs imbéciles. En une seule semaine, découvrir que le jeu de la démocratie chez des partisans trouillards est un jeu pipé. J'ai déguerpi. En vitesse. Un an plus tard, cet aspirant-député — moi — mué en polémiste-commentateur, s'est enfermé dans un camion-studio au beau milieu du tumulte d'un soir de révolte. Police et armée partout. Je ne suis plus un artiste isolé sur sa petite planète. Dehors, torches dans la nuit, on scande des noms avec rage. Des noms de ministres honnis, mais aussi les noms de leurs héros du jour. Mon nom! Savoir résister à la tentation du jouer le chef du moment, ne pas sortir de la remorque pour aller jeter une huile démagogique sur le feu des révoltés.

Dans *Le serpent*, j'avais voulu ajouter les agniers du ghetto d'Oka au sein du projet immobilier. Ils participaient à l'entreprise. L'argent du casino servirait à l'édification d'un village indien d'une fidélité jamais égalée. Les nostalgiques de la légende «du bon sauvage» afflueraient de tous les pays d'Europe. Et tant pis pour la vérité : le sang, les brutalités, la vénalité, les implacables rivalités. Je prévoyais des pages fastueuses, débordantes de couleurs vives, plumes, perles, coquillages. Exotisme. À ma station, je n'ai pas de contrat. Mon employeur et moi sommes libres de rompre à tout moment. Rompre pour aller où cette fois? En vérité, je ne sais plus trop ce que je veux devenir. À un âge avancé, on se questionne. Comment finir? J'en étais là. Je ne souhaitais pas vraiment boucler mon voyage sur terre en vociférant dans un microphone, et une petite voix — Jeanne d'Arc pour rire — me soufflait : «Pourquoi pas?» En effet, pourquoi pas? Cette très longue excursion sur la terre, cette expédition, la vie, un roman, un film, un opéra, doit savoir s'achever. À la satisfaction de tous? Or, justement, je n'ai jamais été satisfait de ce que j'ai fait. On vieillit mal, tous, vous verrez, jeunes gens. Quel vieillard peut regarder dans les yeux l'adolescent qu'il fut, l'étudiant de sa jeunesse, prétendre qu'il a accompli son projet? Personne? Personne chez ceux qui avaient des ambitions un peu substantielles. C'est la vie? Des amis mouraient, tombeaux tout autour de moi, des camarades de bohème disparaissaient. J'en étais rendu à guetter les colonnes de nécrologie pour la première fois de ma vie. Hécatombe insensée! Cela me donnait des idées noires. Que faire? J'étais ridicule. À mon âge, il est trop tard pour se dépêcher. Avec ma nature résolument optimiste, au bout du compte, je me félicitais parfois d'avoir pu, avec mes albums, contribuer un tout petit peu, au butin culturel national. Je me console facilement. Je ne suis pas trop intelligent. Ça aide beaucoup au bonheur quotidien. Place à l'instinct.

Fin septembre, encore un maudit coup de téléphone, Yvette? Ma chère très vieille complice, ma copiste, ma fidèle correctrice, Yvette? Elle était tombée. Du sang sur une dalle grise du Village olympique! Une de ses voisines, une vieille voix tremblante, me renseigne: «J'ai trouvé votre numéro de téléphone sur sa table de chevet. Vite! Il faut venir vite. Je suis seule ici.» J'y accours. Pleins gaz. Ma vieille Yvette avait été pendant presque vingt ans mon bureau complet. Elle lisait bien. Elle corrigeait bien. Elle savait rire. Elle dactylographiait impeccablement. Elle conseillait aussi, et, oui, elle me censurait intelligemment. Elle avait un rire clair. Elle vivait heureuse. Elle faisait du bon poulet, des confitures à l'ancienne. J'avais une autre mère. Tous les garçons trop aimés ne se lassent pas de chercher des mères. Yvette venait de la mer. De l'Acadie. Elle était une Robichon de Shippagan. Veuve depuis longtemps, elle s'occupait en «nettoyant», rue Maplewood d'abord, les thèses malpropres et embourbées d'étudiants pressés. Yvette était celle qui avait — l'expression est adéquate cette fois — mis au propre les dix mille pages de dialogues de télévision quand on décida d'adapter en feuilletons mes albums de souvenirs dans les années 70 et 80. J'arrive enfin. Ascenseur. Couloir du Village. Étage désert. Esplanade du complexe «C». Yvette était couchée sur les dalles de ciment. Il y avait, sur le sol, du sang sous son visage. La vieille dame du téléphone pleure, secoue les mains : «Elle est si lourde!» Plus tard, libérée, s'amène Rachel, en transes. Folle d'inquiétude. Aux abois. Yvette, mon accompagnatrice dans plus d'une centaine d'historiettes nostalgiques. Yvette fait la vieille femme morte sur le large trottoir au-dessus de la rue Sherbrooke, dans une pyramide, encore neuve, des temps modernes. Foudroyée. Subitement. Née en 1906, à Shippagan, au bord de l'Atlantique, Yvette est étendue, inerte, du sang autour de sa face. Rachel est penchée sur elle, appelle, bouleversée : «Maman? Maman?»

Elle va s'en tirer. Elle n'était pas morte. Un caillot. Une crise. Elle ne sera plus jamais mon Yvette. Fini la Yvette qui rit, qui trifouille les dictionnaires en chantonnant des airs de l'Acadie moderne. Elle ne nous recevra plus. Elle ne préparera plus jamais «la poule au pot» des dimanches dont elle était si fière.

Elle deviendra une vraie vieille, elle, si solide hier, une autre qui approche le bout du chemin. Elle s'est rendue «au bout de son rouleau». On dit aussi «au bout de sa corde», elle qui dansait à la corde, en 1913, dans le couvent des bonnes sœurs de Tracadie, voisine de l'océan, élevée parmi les odeurs de varech, de crabes, de moules, de homards, de poissons variés. Elle épousait un jour un garçon venu d'en face de Québec, de Lotbinière, et quittait à jamais son Acadie, paradis perdu, pour connaître la vie moderne en ville. En métropole. Elle allait rencontrer un fou, un impulsif barbouilleur d'albums... et, je crois, oui, qu'elle m'a aimé, adopté. Et voilà ma Yvette, ma vaillante Acadienne, au sol, avec du sang sous la tête. J'en bavais. Énervement. Où aller? Que faire? Téléphoner. Urgence santé. L'hôpital Maisonneuve. Fracture peut-être? Coma prolongé peut-être? La fin peut-être? Mais non, les cousines de Pélagie, Antonine Maillet, ne meurent pas facilement!

Vient un temps, mes sœurs, mes frères — vas-y curé manqué, vas-y —, vient un temps où il faut bien y penser. À sa fin dernière. Mourir en état de grâce. Je veux bien. Que faut-il faire? Y a-t-il un mode d'emploi? Une recette? Un formulaire à remplir. Je veux mourir étonné. Ravi encore. Malgré tout. Je le proclame aujourd'hui, la vie, par ici, même par ici, est une b.d. prodigieuse. La mort, toute proche, nous jette toujours dans un drôle d'embarras. La misérable faucheuse, quand elle rôde comme ça autour d'un être cher, semble nous narguer. Ça sent le soufre! Odieux! Mon tour? Quand? J'ai peur. J'ai de plus en plus peur depuis quelques saisons. Il n'y a pas de honte à l'avouer. Ma vieille chère Yvette a quitté, à jamais, son autonomie. Fini, les beaux jardins du Village qu'elle aimait tant, les voisines aimables, sa bande de bonnes amies, la grande cafétéria, le petit café, le casse-croûte du rez-de-chaussée. Fini, le Club des Villageois, son coiffeur favori et confident, sa copine des nuits pâles. Il était fini le temps de l'Yvette joyeuse, veuve alerte. Cette flaque de sang sous sa tête! Oh! Il y a désormais une dalle de béton tachée. Une marque. Il y a Yvette qui ne se souvient plus de rien. Merde! Yvette qui ne pourra plus jamais corriger, éclairer, réviser, nettoyer, taper sur sa machine. Ni ouvrir d'une seule main, je l'avais vu faire souvent, son Robert, en chantonnant. Ô naufrage, en effet, bonhomme Mauriac! Naufrage, ici, d'une jolie «doris» acadienne nommée Yvette. Quand elle s'attaqua à l'adaptation de l'album *Pointe-Calumet Boogie-Woogie*, elle se souvint y être allé et me parla du «Country club» et de l'hôtel Château-du-lac! Oui, oui, le monde québécois est réellement «tissé serré», bonhomme Marcel Rioux de Rimouski.

Je me moquais d'elle. Elle m'exténuait. Tous ces coups de fil pour un mot imprécis, une image floue, une expression maladroite. Je la taquinais, je l'appelais le «nettoyeur», la chinoise, avec ses façons polies, son goût du linge plus blanc que blanc, empesé. Chaque texte qu'elle m'a remis, de 1972 à 1985, me faisait penser à une chemise de papa, revenue de chez le buandier chinois de la rue Bélanger. Yvette, ma copiste émérite, dédaignait le passé, se voulait résolument moderne. Il fallait que j'insiste pour qu'elle me raconte l'Île de la Mèque, le petit et le grand Goulet, les batardeaux de l'île Sainte-Marie, le pont de glace sur les rives et cette léproserie qui m'intriguait. Des religieuses avaient sauvé des naufragés, au 19ᵉ siècle, des lépreux. Yvette m'en disait : «Enfants, quand notre balle tombait derrière leur mur et qu'un lépreux nous la renvoyait, on n'y touchait plus. De peur.» À force d'insister — j'aime tant les récits d'enfance —, elle finissait par avoir des aurores boréales dans les yeux pour me conter le cerisier secret planté sous la galerie et qui poussa trop vite, qu'elle sauva de justesse. Yvette, petit poucet prodigieux, avait les mains pleines des cailloux, des souvenirs si beaux de l'enfance. Elle consentait finalement à me vanter Bathurst et à détailler Dalhousie, Caracquet avec sa rue unique, «la plus longue rue au monde», l'Île cachée, le Petit rocher et son frère le Récif, la fête foraine à Caracquet. Voilà que ma vieille Yvette, si alerte, était couchée à Montréal, rue Sherbrooke, la tête sur un coussin de sang, oreiller horrible sur une dalle du Village olympique. On a eu peur. Séjour dans des hôpitaux, convalescence à Villa Médica. Puis après? Ça recommençait.

Il y aura désormais la mort. Toujours. Pas loin. Mal dissimulée, dans une baignoire rougie en 1983, ou bien avec une tablette de chocolat, dans les mains d'un père-la-langue-sortie en 1987, ou devant la persistante vision d'une «mère aux bras chargés d'imperméables d'enfants». La mort, elle aussi, une caricature. Pour tuer, elle. À un certain âge, on le sait, c'est l'hécatombe autour de soi, je le répète avec effroi. Presque chaque semaine, sexagénaire, on grimace : «Ah, non! Pas encore?» Le cimetière, lierre funeste. Pas une année sans plusieurs visites aux églises, d'abord chez le fleuriste! La vie de tous ceux qui blanchissent est jalonnée de ces pertes; veut-on nous débarrasser, nous alléger? Inexorable dépouillement? J'ai peur pour ma vieille Yvette. À Maisonneuve, la médecine essaie de la rafistoler. Des docteurs nous parlent. Le jargon. L'argot des Importants en blouse blanche. Examen sur examen. Les machines sophistiquées et les diagnostics contradictoires. Ma vieille complice râle. Se plaint constamment. Je la vois parfois pleurer. Une petite fille toute voûtée qui s'accrocherait à un joli ballon nommé la vie. Rechute. L'Hôtel-Dieu. De nouveau, le caroussel fatidique : examens, verdict fumeux. Promesse de l'un : «Ça ira en s'améliorant.» Lucidité d'un autre : «Terminé pour elle, la vie active.» Ma chère assistante, mon indispensable réviseur, en route pour le paradis? Elle aussi? Ma fidèle «tapeuse» me lâche, m'abandonne. Égoïste, au début, je lui en veux. Si un jour je quittais la radio pour reprendre les adaptations d'albums? Comment me trouver une autre Yvette? Oui, j'étais furieux contre elle. C'était idiot. J'avais peur. Comme toujours. Après des recherches complexes, Rachel lui a trouvé une maison de retraite. C'était pas mal. Le choix est si maigre. C'était une fausse maison familiale en vérité, une dizaine de chambres, le couloir hanté par ces humains chancelants, tremblotants, toussants, si fragiles. Une garderie au bout de la vie. Les gardiennes acharnées à infantiliser leurs pensionnaires. Horreur! J'ai peur! Yvette aussi. Elle répète qu'il faut vite la ramener au Village. Nos pieux mensonges, à Rachel et à moi! Tromperie indispensable pour qu'elle cesse de nous réveiller en pleine nuit. Comment lui dire : « La liberté, pour vous Yvette, c'est fini. À jamais » ? Elle s'est mise à tricher, à jouer, à crâner en grimaçant de douleur. À l'été 91, pour en avoir le cœur net, au chalet laurentien, je lui ai apporté les textes d'une b.d. que j'avais dessinée en vitesse pour ne pas perdre la main. C'était *Le gamin*. Ô misère, je l'observe qui tremble des mains comme jamais. Elle devine sans doute qu'elle ne pourra plus. Elle feuillette et refeuillette les pages du *Gamin*. Silence partout. Rachel se sauve. Pudeur. Yvette marmonne des « C'est bon ! » « C'est bien ! » Elle disait toujours cela au début, avant la sarabande des corrections. Je dis : « Pour une fois, on a le temps, c'est pas pressé, c'est pour le Salon du livre, en novembre. » Elle lève vers moi des yeux mouillés de larmes. Oh ! que j'ai mal. Je m'en veux de l'avoir confrontée avec sa nouvelle incapacité. Voilà qu'elle tremble davantage, voyant que j'attends sa réponse. Je dis : « Vous déciderez plus tard, Yvette. » Elle a levé son beau visage raviné vers moi. Sa splendide chevelure, d'un blanc si blanc, luisait dans la lumière solaire. Elle me remet la liasse. « Non ! Je ne pourrais plus. J'ai même du mal à lire le journal. » Je me tais. Je la regarde et ses yeux tentent de me sourire à travers sa détresse. Fin de sa vie ? C'est cela la vie ? Terrible vie. Elle marche jusqu'à la longue galerie, regarde le lac cristallisé par le couchant, paillettes tremblées. Yvette clignote des yeux, lève une main : « Clément ? Un oiseau-mouche ! Deux ! » Yvette admettait que c'était fini, elle vient de tourner la page. Cette page qu'elle aimait, qui la rendait si fière. Désormais, hélas, ne plus être utile à personne !

134

Le temps passa. Il a bien fallu admettre qu'elle ne retournerait plus jamais au Village olympique. Son logis, à bas prix — la chanceuse l'avait obtenu dans un tirage public —, fut remis à la direction. Ses meubles éparpillés chez ses deux fils, Jean et Georges, dans notre petit garage de la rue Durocher. Ils y sont encore, avec de la vaisselle — Yvette ne cuisinera plus —, des verres, une lampe de cuivre, un balai, une vadrouille, un escabeau. Je la revois, Yvette, si vaillante et active, chaque fois que je me rends dans le garage. Elle était une secrétaire si jeune à soixante-seize ans et davantage. Pressé, comme toujours, je lui disais en lui remettant mon feuilleton : «Il me le faut dans quatre jours!» Au bout de vingt-quatre heures : «Venez! C'est fait. C'est prêt.» La vie réduite désormais à ce Centre du boulevard Rosemont. Agréable ambiance, mais tout de même une prison pour femmes diminuées. Souvent des cas pires que celui d'Yvette. J'y vais parfois. Des regards morts, des cris, des rires sans raison, une vieille me bouscule, enragée, elle grommelle des imprécations à mon endroit, une écervelée, baveuse, avec une poupée bien morte, pressée dans ses bras, une autre qui regarde ce qu'elle ne voit plus. Le passé indéfini. Le réel les a rejetées. Yvette se débat. Se défend d'une agressive, se moque d'une hallucinée. Elle tente de rire parfois, et cela se fond avec des sanglots refoulés. Elle ne chante plus, hélas. Elle joue encore du piano. Elle ne parle presque plus de son Village quitté abruptement. L'oubli? Elle parle encore de sa «vie de fille», de ce job important de secrétaire «particulière» dans la capitale fédérale. De monsieur, oui «monsieur» Duplessis, qui aimait la taquiner quand il venait faire

135

son démarchage obligé à Ottawa. Du ministre Arthur Sauvé, le père du Paul-du-parc d'Oka. Des fréquents pique-niques dans la vallée de la Gatineau. Du ski de «jorring» dans ses vallons. Et, souvent, souvent, de Hull. Hull où Yvette, enfin mariée à un employé de banque, celui-là venu de Lotbinière, commence à élever Rachel et ses frères. Je vis avec une fille d'Hull, dull, plaisanterie facile. Dull. D'Hull. Rachel est la fille aînée de mon Acadienne désespérée de devoir quitter la terre. Rachel a souvent le cœur lourd. Chaque semaine, elle revient du Centre et me raconte, désolée : «Maman en perd toujours, de plus en plus!»

Quand Rachel est devenue, en 1975, chef des monteuses, coordonnatrice et productrice de projets, le pondeur abondant de bandes dessinées, autodidacte et brouillon que je suis, a perdu un collaborateur inestimable. Quand je lui demandais : «Où diable as-tu appris tant de règles, et à manier un orthographe parfait?» Elle répondait : «Chez les bonnes sœurs, dans le temps.» Moi, le fort en dessin, le conteur, le constructeur d'intrigues, sans Rachel pour la correction, j'étais fait. Elle m'abandonnait? Avec regret, je me tournais vers la mère de mon alliée indispensable et ce fut le même bonheur de pouvoir compter sur un bureau efficace et organisé. J'allais donc pouvoir enchaîner, rassuré, continuer à bâtir ma molle pyramide de papiers coloriés. Alors il y a eu cette fin d'après-midi et cette tache de sang sur une dalle de béton. À son Centre s'y trouvent aussi quelques vieux mâles perdus. C'est terrifiant. Le vieillard qui ne supporte pas la lente diminution de tout.

Chaque fois, je détourne le regard. J'ai peur d'eux. Je sens qu'ils veulent crier, frapper, mais ils se retiennent. C'est affreux. J'en ai mal à chaque visite. Il est évident qu'ils refusent cet état de domination, qu'ils n'acceptent pas, ces hommes effondrés, de n'être plus que de vieilles marionnettes auxquelles on accroche des bavettes, qu'on fait trottiner, poupées dégonflées, dans les couloirs et les vivoirs de l'institution. C'est facile de survivre à ces visions. Il s'agit de ne pas y penser. Nous rions encore. La vie est forte. C'est pour dans cent ans notre vieillissement à nous, pas vrai? On rigole. Je soulève Rachel quand elle revient du boulot, je gueule : «Je t'aime. La vie est belle.» On a tous le rude devoir de vivre en paix, de croire au bonheur jusqu'au bout. Jusqu'au dernier moment, jusqu'à cet instant où un gardien invisible fera claquer son fouet et dira : «Suffit! Votre ticket est périmé!» Alors, ça peut être une petite tache de sang sur la dalle de ciment d'une terrasse pourtant ensoleillée. Oui, nous devons continuer à rire. Je fais le fou le plus souvent possible sur les ondes de la radio. Faut faire semblant? Nous naviguons en joyeuse bande tous les matins — c'est terminé le pamphlétaire de l'après-midi —, nous voguons entre le burlesque des avis vite donnés, le grotesque des jugements pressés, la météo et la circulation. La radio privée est un sapin de Noël fou, rempli de clochettes marchandes. Je joue le chroniqueur culturel en attendant ma dalle à moi. Et l'album au serpent, comme ma vie, reste là, suspendu.

TOMBEAU VI

J'aimais aller y faire un tour. La tante Alice me faisait songer à toutes ces «bonnes femmes» des livres de contes de l'enfance. Elle habitait dans le nord, tout au bout du boulevard Saint-Michel, au bord de la rivière des Prairies, là où il y a des torrents et d'énormes plaques de pierre sur les rivages, à l'est du parc de la Visitation, au pied du barrage hydro-électrique. Tante Alice était très active, toujours joyeuse. C'était la tante préférée de mon gendre et je le comprenais. J'y amenais souvent mes petits-fils, Thomas, Gabriel, Simon, Laurent et David, c'était «vieille Alice au pays des merveilles», ils sentaient qu'ils étaient aimés.

On jouait à lancer des cailloux dans l'eau, à ramasser des bois d'épave, à crier de surprise et d'épouvante devant les cadavres putrescents des poissons échoués. Je les priais de me dénicher des «roches chanceuses». Les gamins s'y employaient avec zèle. Faire plaisir à papi, ce drôle de zigue qui croit, comme un enfant, aux pierres chanceuses. Ils me ramenaient des cassures de granit. Rose ou bleu. Des éclats de quartz. Du micas même, qu'ils prenaient pour des diamants. *Je les remerciais et bourrais mes poches de leurs trouvailles de joailliers naturalistes. Venait le moment où, de sa galerie du bord de l'eau, la tante Alice apparaissait, nous appelant des deux mains. On y allait volontiers. Les gamins savaient qu'ils y trouveraient des limonades, des biscuits. Peut-être même des friandises bien sucrées, interdites chez maman Viviane, la demi-naturiste. La vieille Alice, chaque fois, s'en trouvait comme rajeunie. Elle riait, les taquinait, les contemplait, les faisait babiller, s'exclamait avec moi, au moindre propos facétieux de ces enfants bien plus malins qu'on le croit. Nous cultivions les perles puisqu'il arrive souvent que l'âge de l'enfance est toute proche de l'âge, incertain, des génies. Pour moi, Alice était un peu comme une balise, une consolation, elle me rassurait. Elle affichait une santé radieuse et avait au moins vingt ans de plus que moi. Je n'avais qu'à la regarder, si vive! Durant quelques années, en été ou en hiver, la tante bien aimée nous faisait la joie de nous ouvrir sa porte, de nous offrir sa chaleur, sa gouaille non feinte, sa vivacité éternelle. Et, pour mes morveux, ses bonbons, ses liqueurs douces. Je me sentais moi-même redevenir enfant. Il m'arrivait, devant ses petits plats de gâteaux, de minauder comme un vieux bambin. Les enfants n'aiment pas les adultes et ceux-ci n'apprécient pas toujours les mioches. La tante Alice n'était pas une adulte ordinaire, elle prenait les enfants au sérieux, comme moi, les incitait à s'exprimer sur les questions les plus douloureuses de l'actualité. Elle les question-*

nait sur des sujets graves, leur faisait froncer les sourcils, mais elle savait aussi les rassurer, leur insuffler la distanciation commode, un humour à leur portée, c'était une pédagogue sans diplôme. Une fabuleuse jardinière d'enfants. Inutile d'ajouter que je m'entendais bien avec Alice. Deux larrons en foire, fous de l'enfance si cruelle, si franche. Notre connivence amusait les petits. Ils devinaient qu'ils étaient le centre, le point central de nos questions, de nos enseignements moraux! Mais oui, moraux, pas moralisateurs, c'est sûr. Les gamins, contrairement à ce qu'on croit, ne refusaient jamais quand je disais: «Assez de roches chanceuses, assez de bois d'épave, assez de jeu dans le parc, allons visiter tante Alice!» Ils y marchaient avec joie. Ce qu'on est bête! Voilà un phare dans une existence! Ells sont si rares les Alice. On croit que c'est là pour toujours. Je visitais cette très vieille femme une fois par mois. J'étais certain qu'elle ne quitterait jamais son petit coteau, au bord de la rivière, sur son mini-rocher, admirant, sans se lasser, l'écume des torrents devant la digue. Eh non! Il y a soudain, au-dessus des rapides, un jour d'ombre funeste. Viviane qui m'annonce, les yeux sombres: «Alice est tombée. Elle était si vieille. Elle n'en a plus pour longtemps.» L'hôpital. Elle aussi? Sur le coup, égoïste, je pense à Yvette Robichon, ma secrétaire acadienne; quel bel endroit pour elle! Non, elle aussi allait tomber, le sang sur la dalle! Au salon mortuaire, les gamins sont présents, bien entendu. Je dis: «Tante Alice, c'était le contraire de la méchante sorcière d'Hansel et Gretel, on est d'accord les gars?» Ils *n'ont rien dit. Pas un mot. Comme si le temps des folies, des histoires, n'était pas de mise du côté des pompes funèbres. Comme si, en tout cas, ce n'était pas la place pour conter des fables, avec Alice dans son cercueil de soie blanche, pas le lieu pour faire des images. Mais moi, les bulles, c'est mon métier. Adieu donc, tante Alice, baptisée Alénie, adieu. À bientôt? Car je suis convaincu qu'elle est là-haut, au paradis, enfant qu'elle était, qu'elle s'est déniché un site de toute beauté où il y a plein d'écume d'eau vaporeuse dans l'air bleu, comme au bout de son boulevard Saint-Michel à Montréal-Nord.*

SEPTIÈME JOURNÉE

COMME LE VENT,
L'AMOUR SOUFFLE OÙ IL VEUT?

Je reprenais parfois l'album abandonné, mais chaque fois, plus j'avançais dans les marécages de la Grande Baie, tout à l'ouest de Pointe-Calumet, plus je pressentais que cet album n'aboutirait pas. Ça n'allait pas être le premier. Avec du talent, c'est dans la trentaine, et dans la jeune quarantaine qu'on peut bellement torcher, rapidement réussir un album de b.d. L'exhiber comme un fait de nature. Après, ô mon Dieu, c'est plus lent, plus calculé, plus prudent, moins innocent, moins frais, moins trépidant aussi. Cette histoire d'un peintre raté, moi au fond, au début de sa quarantaine, qui cherche sa source (saumon, truite, anguille?), qui cherche aussi la paix avec son ex-femme et ses deux enfants abandonnés, c'était une mission impossible. Je me répétais qu'on ne pouvait bien faire en pleine fiction. Pas moi en tout cas. D'avoir voulu dénoncer ces jeunes pères dénaturés, infantiles, inconséquents, était une motivation absurde pour un bédéiste. J'ai fini par admettre qu'avant tout, j'avais surtout besoin de me décorer. Mais oui, moi le «si doué» — n'est-ce pas? —, si séduisant, si brillant partout où j'évoluais, moi entouré de

143

jeunes «groupies» énamourées, moi qui n'avais qu'à dire «oui» à ce vieil éditeur parisien, R.L., de la Place Saint-Sulpice, à ce producteur américain de Los Angeles, j'avais plutôt fait mon devoir. Quel courage! N'est-ce pas? Rejeter, refuser la gloire internationale! Pauvre con! Je me trouvais héroïque! Avoir sacrifié une carrière mondiale pour ne pas nuire à l'épanouissement de Viviane et Damien. Mensonge? Ni le californien de Quito Lane Productions ni l'illustre parisien ne me garantissaient le succès et la notoriété hors-frontières. En vérité, on m'invitait à l'aventure loin des miens, à mes risques et périls. Aujourd'hui, je sais bien qu'il y a plein de ces épaves pathétiques exilées dans le monde des arts. En France comme en Californie. Bref, un jour, j'avais lancé loin de moi dans l'atelier toutes mes esquisses. Adieu furieux au *Serpent dans le pommier*. Je n'étais pas du tout un héros. Je me réveillais. Plutôt un froussard, comme papa! Bien québécois et qui ne déménage pas à l'étranger s'il n'obtient pas de solides garanties. En vérité, mes enfants grandis n'avaient pas à me remercier. Dans les rues de Paris ou de New York, de Hollywood ou de Londres, il circule beaucoup de ces grands génies qu'on n'a pas su reconnaître! Ils traînent dans des bars miteux, quêtent des oreilles complaisantes dans lesquelles verser leurs zézayantes complaintes «du grand talent incompris». Foin de ces loques humaines. Ils bavent de frustration. D'exil vain. Ils chialent et râlent. Ils sont devenus newyorkais d'occasion ou parisiens déracinés, vagabonds derrière Santa Barbara ou Beverly Hills, ils sont parfois belges, suisses ou bien hongrois, roumains, ou encore québécois dans un bistrot de Los

Angeles. Encore un peu plus de lucidité bonhomme candeur.

J'avais pu grimper sur tous les pavois, chez moi, dans ma petite patrie, et j'en étais heureux. Je m'en contentais. Je fus la vedette montante de la b.d. durant dix ans, très prometteur bédéiste de mon petit pays, bien juteux, on me publiait partout, on disait : «le plus fort tempérament». J'avais la grosse tête. Je me pavanais. Enfin, j'avais un nom public, j'avais réussi à me sortir de l'anonymat. Oui, l'euphorie pendant une décennie. Ensuite, c'est le «chacun son tour». D'autres talents se montrent. Vous vous faites bousculer. On vous prie de vous tasser un peu et même de descendre quelques marches. La relève est aussi pressée que vous. Difficile alors de durer? Je me débattais. Je multipliais les interventions. Je m'engageais partout, je signais toutes les nobles pétitions. J'avais de l'énergie, mais, bientôt, c'est tout, un flot de nouveaux talents, et il faut bien consentir à quitter le devant de la scène, non sans donner des coups. Des coups bêtes parfois et on a honte. Je l'avoue à voix basse. Plus tard, c'est les premiers cheveux gris, vous décrochez le miroir grossissant, vous découvrez que vous êtes devenu vieux. Vieux dessinateur. J'affichais des blessures, marqué de cicatrices. Trop de morts aussi. De vieux amis, des parents perdus de vue, des camarades de virées anciennes. Souvent, je ralentis soudainement le pas dans la rue, pris de vertige, rien de fatal, un bref petit vertige de rien du tout. Pourquoi poursuivre mon chemin? Pour qui? L'affreux doute sur ce qu'on a fait! Sur tant d'efforts fournis, pour arriver à quoi au juste? Pour compenser quoi donc? Me consoler de quoi en réalité? Que ces instants de plus en plus fréquents désormais me font peur. Je redresse la tête. J'hume profondément l'air de la rue. Je prends le pas de l'indifférence. Acteur! Je reprends le pas de celui qui va continuer, qui n'est pas fini, pas un raté, pas un *has been*. Dieu, ô Dieu, que c'est difficile certains jours de grave chagrin. De mauvaise nouvelle! Me convaincre encore de foncer, de fendre le vent mauvais. Mon père est mort depuis cinq ans et je m'ennuie de lui. De plus en plus, à mesure que je me rapproche de la stèle de granit roux derrière l'église de Saint-Laurent. Maman est morte aussi. Vieux petit garçon. Nous faisons semblant de vieillir. Une parade! Depuis un an, pourquoi donc, je m'en console de moins en moins? Je me trouve fifi. Tata. Je me secoue. Je m'engueule. Si on se laisse faire, on tombe, je suppose, alors je bois, je sors, je joue le vieux bandit, je cogne, je fais le matamore, le sacripant, l'iconoclaste, je critique férocement, je ne mourrai pas, je reste Quichotte-le-dupe, pas de faux-semblant, pas d'artifice, je suis aussi Cyrano-la-candeur, ridicule. Navrant certains jours, quand je mime la férocité et que je m'aperçois dans une coulisse de lucidité. Oh! Depuis quelques mois, je dresse encore des bilans. D'étranges comptes que personne n'exige de moi. Je calcule. J'additionne mes bons coups. Et les mauvais. Est-ce cela vieillir? Ceux qui ont élevé des enfants s'énervent, s'inquiètent. Quel avenir pour eux? Quels destins? On mime le roc, mais regardez mieux ô célibataires épargnés, les torses bombés, les visages impassibles si vous saviez, si vous pouviez voir la réalité des parents torturés, ravagés de noirs pressentiments. Nous avons les doigts crispés, les jambes molles et les oreilles nous bourdonnent, les yeux nous piquent. On a peur. On a atrocement peur pour ceux qu'on a mis au monde. Ils ont quinze ans et ils vont de travers. Vingt ans, et ils nous renient. Trente ans, et ils nous fuient. On déteste ce qui se prépare, ce qui s'en vient. Nous n'avons pas confiance. Nous osons répéter, comme des vieux d'antan : «Dans mon temps... À mon époque... oh!» Nous sommes anxieux face à tant de conneries, de modes si niaises, comme de vivre «à la mode» justement. Angoissés jusqu'au trognon, pauvres parents, la gorge nouée, le ventre tordu, on découvre la stupidité ambiante, le nivellement, partout...

Chut... se taire. Ne pas paraître pessimiste, il faut bien rassurer les grands et les petits enfants. «Il est interdit, tu l'as dit Albert Camus, de désespérer les humains.» Bon. Je me tais alors. Je grimace parfois à force de me retenir. Souvent, ça m'est facile, il y a, chez les fous de ma sorte, une certaine mécanique intérieure qui fait que, malgré les appréhensions, nous demeurons optimistes. Est-ce sage? C'est merveilleux! Une sorte d'aveuglement. Illogique. Une confiance folle. Une espérance de chrétien? Sans cette machine pour têtes heureuses, on verrait mille millions de suicidés, partout, moyen connu d'auto-accusation. Ou les narcotiques, le suicide des lents. Je fais partie des imbéciles doux, un petit rayon de soleil sur le tapis oriental du salon qui change la laine en vitrail suffit à me faire sourire, à aller chercher vite un crayon-feutre d'un ton chaud. Bilan du fou? Ainsi, hier encore, sans savoir pourquoi, j'ai enligné tous les Jaspin à partir d'un grand papier de généalogie que m'avait offert ma fille Viviane. J'en ai fait une carte postale remplie de prénoms et l'ai expédiée à La Frenière, chez mon fils Damien, l'agronome amateur. Avant-hier, une nouvelle manie, je notais mes cent métiers. Ça m'amusait : modeleur de sorbets, fabriquant de sandales, de parapluies, étalagiste, serveur, potier, moniteur, décorateur, professeur, critique d'art, chroniqueur de télé, intervieweur, pamphlétaire, bédéiste. Bédéiste. Bédéiste le plus souvent. Puis mué en chroniqueur-radio. Vain bilan ! Le dire ? Je ne veux pas mourir. J'aime trop la vie. Voilà la vérité. J'ai peur de la fin. Voilà la vérité. Alors, pour ne pas mourir, il n'y a rien comme cet appel téléphonique. Un chagrin encore ? C'est Marie-Lise, la plus jolie des brus. Elle n'a pas sa voix coutumière. Elle vient vers moi, je le sens, au bout du fil, avec une matraque. Un gourdin. Une massue. Oui, ceux qu'on aime, ceux qu'on veut ménager, ils viennent toujours vers vous, sans le savoir, avec, au poing, un pied de biche en acier trempé, une batte de fer, un assommoir. Ils ont besoin de vous, mais ils vont frapper. Ils croient que nous sommes en béton armé. Marie-Lise me dit : «Ce que j'ai à vous dire est terrible, papi !» On pense aux deux petits-fils de La Frenière ! Brr ! On voit des civières, l'ambulance, un incendie, un lit d'hôpital, un lit de sang. On a peur. Maudit téléphone de merde ! Silence. Faut écouter, nous, les bonnes mamans, les bons grands-parents : frappe Marie-Lise ! Elle frappe. «Vous êtes comme mon père depuis que le mien est mort, vous le savez ça, hein ?» Oui. Mais oui. Bien sûr. Je tend le cou. Que cela se fasse vite. Un chagrin de plus ou de moins, cogne ma beauté, j'aime en effet la femme de

Damien comme si elle était ma propre fille. Frappe, frappe mon enfant! L'écoute de la dernière nouvelle. Nouvelle affaire familiale, intime? Il y a eu le passage d'un autre homme dans sa vie. Oh! «Il est si gentil. Si ouvert. Si vulnérable aussi.» J'aime les précautions. Dans ces cas-là, les «j'aime toujours votre Damien», les «votre gars, je n'ai rien à lui reprocher en fait», les «au fond, Damien, j'en étais comme trop sûr». Il y a donc quelqu'un dans la vie d'une jeune femme: une femme et un nouvel homme, dabada, dabada, cher Lelouch! Il y avait la paix, le bonheur, je croyais, niais, que c'était pour la vie, je m'imaginais, rêveur, un jardin édénique durable, un paradis éternel pour eux, mieux qu'un paradis de b.d., un lieu rêvé, comme dans mon album inachevé, et voilà qu'on vous dit: danger! Elle est nerveuse: «Il fallait que j'en parle à quelqu'un. Vous comprenez? À vous, qui avez vécu. Vous pouvez me comprendre.» Elle est désolée. «Ma mère, elle en ferait une maladie. Vous, papi, vous êtes solide, si solide.» Je suis en mille miettes. Je m'effondre. Elle parle sans arrêt: «Que faire? Tout dire à Damien? Ou rien du tout?» Je ne sais trop que lui conseiller. C'est toujours mon petit garçon. Nos enfants ne vieillissent jamais. On le sait bien, n'est-ce pas, parents? «Conseillez-moi. Je ne veux pas qu'il souffre. Je suis toute à l'envers.» Moi aussi, petite Marie-Lise, moi aussi. Je fais face. Je fais celui qui ne panique jamais. J'ose dire que «l'amour, comme le vent, souffle où il veut.»

Mon trouble grandira avec ses confidences et nos rencontres secrètes. J'ai du mal à jouer l'arbitre impartial. J'ai peur. Bien sûr, autour, plein de jeunes couples étourdis qui se défaisaient. Mais c'était les autres, les mal élevés, les infantilisés, les mal sevrés. Je suis content de sa confiance et souffre du malheur qui plane, pas loin. Il y a une femme, si jeune encore, et qui se sent désorientée. Je dis n'importe quoi tellement je veux avoir l'air d'un conseiller utile et objectif. Vieux, on nous prend donc pour d'antiques crocodiles aux peaux tannées, blindés? Elle me répète : «C'est arrivé bêtement. On a des choses en commun. C'est un gars un peu timide et si doux. Qui a eu du mal, lui aussi, enfant.» Voilà que je m'étais encore trop attaché. Je suis de ceux qui devraient toujours se tenir loin de tout. Mais non, j'apprivoise. Et me voilà ligoté, une proie, une cible. J'ai mal. Elle m'organise deux ou trois rendez-vous discrets. Ma bru lutte. Je voudrais fuir. Lâchement. J'en parle à Rachel. «Nous sauver de tout. De tous.» J'en peux plus! Je lui suggère la retraite anticipée et, en vitesse, l'achat de ce mas visité du côté de Saint-Rémy-de-Provence, que nous avions tant aimé. Ou bien au Costa Rica, rejoindre un certain couple à l'abri des chagrins, ou bien dans ce ghetto doré de «Passe-à-grille» dans le golfe du Mexique, à côté de St. Petersburg, avec les vieux parents de mon gendre. Le centre recréatif. Le jeu de boules. Le jeu de cartes quotidien. Le gros tricycle. Le *shuffle board* et le badminton... Oh non! Non! Tenir le coup. Tenir encore un peu. Ne pas baisser les bras. Faire face à cette tempête dans la vie d'un jeune couple qui m'est si précieux. Je pense à Damien, je songe qu'il a certainement ses torts. Pendant que Marie-Lise guette mes bons conseils, sur l'écran de ma mémoire défilent des images : Damien est trop dur aussi, comme moi, pas toujours ouvert, pas assez tendre, attentif. Qui l'est assez ? Il n'est plus le romantique, comme jadis, nouvel amoureux, on promet tout, les étoiles, le bonheur et la lune ! D'autres pensées se bousculent. Il me ressemble trop. Il a voulu faire trop de choses, touchant, lui aussi, à trop de métiers. Insécurité pesante pour elle, probablement. C'est idiot, un père cherche constamment un miroir de culpabilité ? Marie-Lise me parle de l'autre, sage, solide, calme, rassurant... Ô mon Dieu, elle en avait assez de mon bohème de fils ? Il est — bien sûr, papa candide — le plus beau, le plus gentil, le plus brillant, le plus attachant, mais je vais le chicaner. Assez de me taire, d'écraser au cas où les choses se rafistoleraient. Je vais la secouer, elle. Non, m'en empêcher. Je lui dis des «réfléchis encore un peu», c'est mou, des «donne-toi un peu de temps», des «peut-être est-ce une passade»... Je suis énervé. Il y a mes deux petits chérubins en jeu, mes deux amours dans un paysage confortable, sécurisant et qu'elle s'apprête à dévaster. Je me raisonne, je me retiens, je tente de me calmer. Les jeunes veulent tout, la liberté et l'amour. Folie. C'est courant, c'est répandu, le satané «jeunisme» occidental qui se répand. L'immaturité partout. Tant pis pour les rejetons, n'est-ce pas ? Il faut vivre sa vie. Voilà que je pense encore à mon album suspendu. C'est une femme, ici, qui va abandonner... Damien, parti en excursion, Marie-Lise me téléphone le matin. Elle sanglote. «Je suis si malheureuse. Ce coup de foudre est si bête, si surprenant.» Elle me fait comprendre que «l'autre» est parfois moche. Un peu insignifiant. Je la laisse dire. Espoir !

151

Damien dort sur un volcan. Mon Dieu, il va s'écrouler. Si elle n'en peut plus de résister, que se passera-t-il? Chez moi, rue Durocher, le petit Benoit d'une main, le petit Dominique de l'autre, adoption de mes deux galopins adorables, Rachel mère de deux garçonnets! Ma Rachel, toute surprise, étonnée de cette séparation, obligée peut-être... à cause de moi! Il fallait que je trouve de toute urgence les bons mots, mais comment parler fidélité? J'étais mal pris. Marie-Lise connaissait mon histoire. Ma longue liaison secrète avec Rachel. Comment prêcher? Je fuyais, j'esquivais les vraies réponses par des phrases ambiguës, des réflexions d'une sagesse fragile. J'avais honte avec mon envie de lui dire, pour la secouer : «Tu fais ce que tu veux, tu pars avec ton merveilleux jeune homme, mais tu peux dire adieu à tes deux enfants.» Ho! Oui, j'avais honte! Dès le deuxième appel, elle avait voulu me rencontrer. Elle était pressée. Elle se débattait. J'en avais pitié. Elle était vraiment ma fille.

Besoin de reprendre mon album de l'irresponsable pris de remords qui veut retisser sa vie là où il l'avait cassée. Je revoyais mes planches en couleurs avec la plage, le Château-du-lac comme un radeau sur l'eau de la baie. C'était un casse-tête. Je me décidai néanmoins à montrer mes ébauches à Marie-Lise. Je lui racontai l'histoire en gestation. Elle se mit à pleurer, comprenant fort bien l'allégorie. Elle admirait mes dessins des pommiers d'Oka, les chapelles-refuges d'amoureux dans les années 50, le vieux monastère des trappistes, le traversier en face de l'église, les pêcheurs sur le quai de pierres... Je lui fis

152

voir le vieil arbre du paradis en devenir, avec l'être à la peau d'écailles, mythe ambigu, elle rit nerveusement : «Quand j'étais petite, je rêvais souvent que j'étais une sirène et je parcourais les ports du monde entier.» Je lui parlais de mon goût du surréalisme des accidents graphiques, de l'automatisme, mais, la voyant rire, je lui pris soudain les deux mains pour l'implorer : «Reste avec lui!» Elle me regarda longuement. Long silence. Elle ouvrit les lèvres deux fois. Aucun son ne sortait de sa bouche. Je pleure. Devenu vieux, vous verrez, on doit pleurer. Je lui répétai sans plus aucune vanité : «Je t'en prie Marie-Lise, essaye d'arranger ça pour rester avec mon fils! Je t'en supplie.» Elle dit : «Vous l'aimez, hein?» Je me suis mis à pleurer davantage. Ça m'arrivait de plus en plus souvent. C'était donc cela vieillir? Devenir fondant. Mou. Ému. Bon. Bon. J'étais fatigué. Si las. Si usé. Je pleurais et ce fut le déclic. Enfant, sur le quai de Saint-Placide, il y avait un plongeur fanfaron fou. Il plongeait en des bonds absolument prodigieux. Nous l'admirions. Il était un grand. Il avait un regard d'ambre, une tignasse de cheveux très noirs, très luisants, on voyait bien que les filles du village lui couraient toutes après, il était notre modèle, gamins, aux heures de baignade, et, le soir, à la salle de danse Masson, au bord du lac des Deux-Montagnes. C'était en 1940, j'avais douze ans. Devenu grand, je voulais devenir comme lui, Hector Roy. Pourtant, il avait la peau toute grêlée. Nous n'en tenions pas compte, personne. Il était si drôle, si vif, si sûr de lui. Hector était, à mes yeux, un amérindien de légende. Chaque après-midi sur le vieux quai de Saint-Placide, je l'imaginais sorti de mon petit manuel expurgé de mythologie grecque, avec sa peau crevassée, c'était donc lui mon serpent, c'était donc ce souvenir mal enfoui dans mes vacances de 1940, cet Hector plongeur prodigieux, nageur superbe, jamais essoufflé, danseur souple, et qui embrasait toutes les filles de la salle de danse Masson. Marie-Lise semblait s'amuser de cet être tutélaire à peau d'écailles. Je supposais que mon projet arrivait à la distraire un peu de son écartèlement sentimental. Bientôt, mille feuilles à dessin, tout autour, toutes couleurs. Je lui fis part de mon scénario : un artiste raté, buveur, isolé, qui veut atterrir. Revenir sur terre. Une femme qui n'arrivait pas à lui pardonner sa longue fugue de quinze ans. Sa fille retrouvée qui l'insultait, le menaçait, le ridiculisait, malheureuse, victime de drogues diverses et tentant elle-même de se reconquérir par l'horticulture dans la biosphère de cet éden organisé, crachant volontiers au visage de ce père « sur le tard ». Je souhaitais, idiot, amener ma jolie bru à réfléchir au sort de ses deux enfants si jamais elle décidait de quitter son foyer. Je me trouvais ridicule soudainement.

Je refermai le dossier du *Serpent*, si brutalement que des dessins voletèrent autour de Marie-Lise dans mon atelier. J'étais idiot. L'amour, il n'y a rien pour l'arrêter, surtout pas un album. Les jours passaient et je tentai de jouer le père compréhensif, tolérant, patient, pour la femme de mon fils. Situation fausse, délicate. Je mentais encore. Il le fallait bien. J'avais trouvé des mots apaisants, je la sentais démunie, si indécise. J'ai bien fait. Au bout d'une semaine, Marie-Lise qui me téléphone : « C'est fini ! Une folie ! C'est passé ! Ça a été comme un bête ouragan ! » Elle me répétait qu'elle voyait cette passade comme un moment d'aliénation. C'était, maintenant — ouf —! un sale petit bourgeois! Elle comprenait mal sa faiblesse! Elle avait parlé à Damien. Il avait crié d'abord. Et menacé. Puis, il s'était calmé rapidement, je l'écoutais, soulagé et je me souvenais de tout, de mes crises fréquentes de jalousie. Jeunes, on est fragiles, vulnérables, on gueule, on frappe, on perd la boussole. Damien avait reconnu ses torts, me disait-elle. Il allait changer, il promettait de se métamorphoser en amant, comme jadis. «C'est fou, papi, nous baisons comme des bêtes maintenant!» Et elle riait. J'ai ri. J'ai ri à m'étouffer. Soulagé. Ça me faisait du bien. Cette affaire m'avait vraiment mis à l'envers. Je ne digérais plus rien et il me poussait des boutons partout. Je ne pouvais plus faire face. Trop de cicatrices.

J'étais débarrassé d'un tel poids. La vie allait donc continuer pour le petit Dominique et son cadet, Benoit, calmement.

TOMBEAU VII

Florent F. revient de sa messe dominicale.
L'épouse y est. Un dimanche ordinaire. Comme il les
aime, il n'y a pas de bousculade. Aucun événement
spécial. Toujours, Florent F. a essayé d'éviter la vie
énervante. Savait-il qu'il n'avait pas le cœur fait
pour les cages qu'on brasse. Au printemps de 1975,
il était venu vers moi, le sourire bon, la main ou-
verte, il avait voulu adapter pour sa chère télé publi-
que mon album autobiographique. J'ai appris à
connaître un artisan solide, un travailleur patient,
un directeur d'acteurs qui ne gueule jamais, qui
fonce tout doucement sur les images qu'il veut obte-
nir. Autour de lui, une troupe de gitans modernes.
C'est terminé. Florent est revenu de son église parois-
siale, Saint-Joseph de Bordeaux, calme, serein, un
pain croûté sous le bras, des petits gâteaux à la
main. Il a faim. Il regarde le soleil de la la cuisinette
à Bordeaux. Un petit bourgeois tranquille sourit
dans la placide lumière du boulevard Salaberry, un
dimanche comme les autres, et c'est tout. Cela a tour-
né au cauchemar pour les siens. Florent tombe! Un
artisan-réalisateur, compétent, acharné, doux et
humble de cœur, un vieux routier de la télé publique

s'est écroulé. C'est la première fois qu'il fait tant de bruit. Le pain croûté a roulé sur le parquet.

Mon camarade Florent est parti. Pour toujours. Très subitement.

En chaire, faux-curé encore, j'ai fait applaudir les fidèles. L'accoucheur de La petite patrie, homme de l'ombre, s'était mérité cette sortie, comme pour les comédiens. Adieu Florent !

ÉPILOGUE

MON NOM EST TÊTE HEUREUSE, DOCTEUR!

Un dénommé Dieu, dans un gros livre plus fabuleux que documentaire, se repose au septième chapitre de sa grande corvée de mise au monde de l'univers. Je voudrais me reposer et jouir d'un repos éternel. Un long congé de fin du monde. Le temps des fêtes de fin d'année était revenu. Cela avait été une année d'essais. De ratages. De reprises. Je tentais de me réorienter, pour la prochaine, mais en vérité, je ne savais plus trop de quel côté. Les bonnes résolutions sont futiles? J'avais essayé trop de choses? Étais-je au bout de mon rouleau? Je me posais des questions. Les graves. Je me sentais jeune de cœur, comme on dit, mais, même à douze ans, je jugeais tragique l'existence, il m'arrivait de faire le ménage dans ma tête, de vouloir changer le cours de mon petit monde. Cette fois, c'était sérieux. D'abord, je l'ai dit, nos cheveux tombent, puis nos dents se déchaussent, il faut une couronne ici, une autre là! Ensuite, on vous arrache des molaires, et c'est la pose de dents artificielles. Vous voilà avec deux, trois prothèses, à gauche, à droite. En haut. Puis en bas. Un petit-fils innocent, Gabriel, le benjamin de ma bande des cinq qui voit tout, aperçoit l'acier, l'argent des ligaments quoi, brillant au fond de ma bouche et s'écrie : « J'en veux ! Je veux des dents en fer moi aussi ! » Et il mime un fauve dévoreur. Viviane rit. Je ne ris plus moi. Pas toujours drôle d'avoir soixante ans. On entend mal. Au restaurant, c'est de plus en plus difficile, avec des amis, de suivre une conversation. Prothèse encore. Écoute électronique. Volume réglable, de un à sept. Se sentir devenir un robot ! Au théâtre, hausser l'oreille artificielle à sept. Damnation. On se souvient pourtant, mai 1950, c'était hier, non ? On allait en vélo, à toute vitesse, au marché Jean-Talon avec, sur le cadre, la jolie Marion Hall, l'Irlandaise couvée, hélas, par un père farouche qui gueule : « *Marion ! Please come home. Faster please, faster.* » C'était hier. Je serais plus fort que Picasso, bien meilleur que Matisse.

Donc, les fêtes de fin d'année sont venues comme chaque année. Pas le goût d'aller au soleil floridien. Yvette diminue et Rachel s'énerve, parfois l'Acadienne ne se souvient plus de rien et s'enrage en pleurant. Rachel en a mal, elle aussi. Yvette si fière ! Efficace si longtemps, devenant une vieille pomme recuite dans sa chambre du boulevard Rosemont. Les chagrins se multiplient. Un nouveau camarade se tue, un ancien dessinateur se meurt. Du sida. Notre meilleur ami quitte en vitesse l'Île-des-Sœurs et nous reçoit, amaigri, opéré d'urgence, tout pâle, à Notre-Dame, il a eu très peur, est tout surpris de s'en sortir indemne. Un autre, à Saint-Luc, y laissera sa peau. Tabernacle de mort, sordide fouineuse. Mon tour ? Quand ? La peur qui s'installe, l'intruse, je me débats, je continue à boire, à rire, à fêter, à rigoler. Elle ne m'aura pas. Je ris tous les matins et je chante. Comme maman, pour rien, je chante. Un vieux bébé. Je suis entré dans la résistance. Un clandestin. En amont de la vie. Je remonte le courant. Pélerinage douloureux parfois. C'est dur. Je croise le regard de papa sur une des photos anciennes de l'atelier, et j'en ai souvent les larmes aux yeux. Ma honte de tant d'attendrissement! Jeune, je croyais que le temps nous rendait plus fort, invincible à la longue. Qu'on devenait cuirassé, forteresse. Mensonge, erreur, rêverie encore, puérile duperie. Au contraire, soyez prévenus, cœurs de pierre de vingt ans, on se ramollit, on devient fragile, sentimental. Moins con? Je sais pas. Souvent, je voudrais être capable de recevoir avec moins d'émotion les mauvaises nouvelles. Impossible. Détestable impression qui monte : les gens sont de moins en moins sages, raisonnables. Est-ce qu'il ne se perd pas un art de vivre? La vie devient dure, non? Je voudrais me tromper. Pour ceux qui viennent. Prendre garde à la nostalgie creuse. Je me crie des noms : réactionnaire, bouc, vieux «schnock», résistant au progrès, conservateur frileux!... Je me secoue : ce sont justement les injures dont nous couvrions les parents, les voisins, adultes de la rue Saint-Denis, de la paroisse Sainte-Cécile, les profs, il y a trente ans, quarante ans? C'est pas vrai? Alors je fais face, je tente de me convaincre : je suis la traditionnelle victime d'une erreur de perspective. Pour un dessinateur de métier, quelle infamie! Je me répète qu'il faut avoir confiance, que ceux qui viennent s'en sortiront aussi bien que nous, enfants démunis de milieux incultes. L'adaptation, la résistance humaine est prodigieuse, non? Je voudrais rester un aimable bouffon! Je me surprenais, l'autre jour, à prêcher à mes petits descendants: «Le monde est bon, vous verrez, un homme sur cent est mauvais. Pas davantage.» Leurs regards parfois traqués d'enfants ballottés d'aujourd'hui, se sont allumés, adoucis. Il ne faut pas désespérer les enfants! «N'est-ce pas» pessimiste Camus? La confiance. Importante, essentielle, pour ceux qui viennent, la confiance en la vie à vivre. Ce n'est pas facile, pas une journée où une nouvelle ne me fait pas bondir. Armand Paul, au micro, me répète que j'ai l'indignation facile, que je grimpe vite dans tous les rideaux. C'est vrai. Je l'avoue, tout me choque autour de moi, c'est que j'ai tellement rêvé aussi. J'avais cru à un monde s'améliorant avec les années, je le répète. Un monde plus doux, plus facile, plus riche humainement que celui où je vivais mon enfance modeste, mon adolescence de pauvre.

Et quoi encore? Eh bien, il y a que j'éprouve de plus en plus souvent un point, une crampe du côté du cœur, et que je me tais, je l'ignore. Je crains le pire. Le pire? C'est un chirurgien, un lit d'hôpital. On m'endort, on m'ouvre, on coupe. Tout le reste. Séquelles... Alors, je me tais et ça se tasse. Ça dort. Ça me laisse en paix. Ça m'oublie. Je déteste les gringalets toujours prompts à s'ausculter, à se faire examiner. À se prendre la pression. Des fifis. Les cheveux, c'est pas grave, les dents, tant pis, l'oreille bouchée, bof, mais la patate, la pompe à sang, le cœur, oh! Bon. Me taire encore. Toujours. Faire comme si tout baignait dans l'huile. Je suis sur le quai de Saint-

Placide, j'ai douze ans, j'admire le grand plongeur Hector! J'attendais mon tour; enfance, portique de la vie. L'album attendra, le-serpent-dans-le-pommier-du-parc-Paul-Sauvé, je m'en fous, personne, jamais, nulle part ne m'a rien demandé. Personne nous demande rien, camarades saltimbanques! C'est vrai ça. Qu'est-ce qu'on a les «zartistes» de tout poil, de toutes catégories, à toujours nous imaginer qu'il nous faut livrer à tout prix nos précieuses cogitations artistiques? Le monde s'en torche non, pauvre Clément? Entre-toi ça dans la caboche. À l'égout, tes pinceaux! Ton encre de chine! Ma journée de travail à la station-radio se termine tôt. Il n'est pas même midi, et il m'arrive, à l'atelier, de tourner en rond. Rachel ne se décide pas à la préretraite et je l'approuve, je la comprends. On remet donc à plus tard nos croisières, nos projets de voyage à Venise, à Vienne ou à Madrid, à la morgue! Oh! Hon! Je serre les dents, les fausses et les vraies. Je dis : non!

On remet à plus tard le site à choisir pour l'abri anti-hiver, dans un coin du sud, six mois par année. Alors, oui, seul, inquiet, tourmenté, je tourne en rond, j'ouvre et je referme les pages pleines de carreaux en couleurs du *Serpent dans le pommier*, l'album interrompu. Je m'amuse à jardiner un peu. Quand il fait beau, de mai à octobre. Je vais souvent rôder dans les étagères de la bibliothèque municipale. Je vais au cinéma, seul, en matinée, mais je n'aime pas être seul. Le cinéma distrait souvent de tout. Je marche dans la rue Saint-Laurent, de Fairmount jusqu'au multiplexe Desjardins, ou bien dans l'avenue du Parc, jusqu'au Vieux-Port, saluant en passant l'ange ailé géant, au pied du Mont-Royal. Il m'arrive d'ouvrir les albums des photos de jadis. Ma mère me regarde et ça me fait mal encore. Je lui parle. Puis mes sœurs, fillettes souriantes, confiantes. Mon frère, il a cinq ans, il me regarde, veut que je l'amuse encore, j'étais son moniteur de jeux. Il y a toute la famille souriante, tant de dents, toutes vraies, dans la grande balançoire de la cour, à l'ombre du cinéma Château, rue Saint-Denis. La vie a passé. Elle s'en va? Elle me quitte? Elle veut s'en aller très loin de moi? Je ne me laisserai pas faire. Je m'accroche? Certainement! On y tient! Vous verrez, jeunes gens! Je vais, un jour, exécuter un grand dessin magique. Je m'ennuie de papa qui s'était mis, tout vieux, à modeler ses images en relief de glaise pour enfin essayer de nous rejoindre, tous, lui le père muet. L'orphelin québécois, bouche gercée, lèvres de frimas, gueule de glace au pays à hiver de six mois!

Pour maman, c'est des regrets, trop de choses nous séparaient. Enfant, ça allait, mais adolescent, ça n'alla plus du tout. Il y avait sa morale bigote, ses peurs, sa religion, son catholicisme d'antan, ses idées autoritaires sur la vie active besognante. Sa grande peur de me voir devenir fainéant, chômeur perpétuel. Elle se trompait, j'ai travaillé fort. Mon petit tas d'albums le prouve! Pour maman, c'est des remords : l'avoir laissée moisir dans sa solitude, rue Labelle. Elle qui était, jeune, si joyeuse, si sociable, qui aimait le monde, ne pas l'avoir installée dans mon petit cabriolet, les derniers temps, pour des promenades sans but dans Montréal qu'elle aimait, dans sa chère Pointe Saint-Charles, dans sa jeunesse perdue à jamais dont elle était si nostalgique. Mais c'est de papa dont je m'ennuie davantage. On n'a pas eu le temps de tout colmater, de faire la paix sérieusement, il y a eu, adolescent, tant de querelles acerbes, tant d'insultes niaises, tant d'affrontements cruels. Aie-je assez réparé, montré que je l'aimais, que je l'admirais? Voilà ce que je veux dire : méfiez-vous, jeune gens, à un moment donné, bang! Il est trop tard! Ils s'en vont. Il part, lui, le père, dur, secret, masqué, il part, tu lui achètes une barre de chocolat noir et il te quitte, subitement, en se suçant les lèvres, assoiffé comme un bagnard. Achevons. Finissons-en. Prendre un pinceau, un seul et l'enduire comme les Japonais anciens, de plusieurs couleurs et me beurrer, en un seul geste, le plus joli des arcs-en-ciel. Ce serait une sortie élégante. Je finirai bien par le faire, ce dernier album débordant d'amour, de reconnaissance à la vie malgré tout.

En attendant, quand le téléphone sonne, je mets du temps à répondre. Je me méfie. Parfois, j'installe le répondeur, même si je suis présent, tant je crains un nouveau chagrin, une autre mauvaise nouvelle. Il y a des jours où je devine la forme que prendra ma fin. Ma mort. Hypocrite, déguisée, car il le faut bien avec des têtes heureuses dans mon genre. Elle me surprendra. Il y a des jours où je me sens capable de brasser encore le monde entier ; ces jours-ci, ça m'arrive. Je débouche des tubes de gouache et je m'amuse à inventer un univers fou, avec des fictions sur des planètes irréelles, dans des galaxies cousines. Pour la quatrième fois, je relis un traité de vulgarisation sur la science des quanta. *Le cantique des quantiques.* Je veux tout comprendre. J'ouvre des magazines de science pour venger mon blocage de collégien allergique au réel. Je potasse une mini-encyclopédie sur l'histoire de l'antisémitisme, des débuts du monde à aujourd'hui. Je vis, par ici, entouré d'intégristes juifs qui nous ignorent tous, les *goys.* Leur racisme religieux importune mon grégarisme inné que, parfois, je récuse.

Pour me calmer de mourir, j'ébauche des albums. Oui. Un avec des animaux imaginaires, issus de manipulations génétiques, je redeviens dadaïste. Un autre couvert d'une flore parlante et pensante. Un autre encore, commencé, qui illustre un règne minéral, devenu une «humanité» pétrifiée. Univers immobile, à écrans multiples, une gemmologie racontant l'homo-robotus qui vient. Univers de granit.

Je passe le temps.

Bouger sans cesse, tourner pour ne pas tomber. Je sors et je fais la toupie, le derviche-tourneur, cris et rires, puis je rentre dans ma cage. Je veux faire illusion encore. Sale défaut! Je déteste tous les moroses. Les cuistres. Jeunes ou vieux, ils deviennent innombrables, vous ne trouvez pas?

Un bon matin, je vais prendre mon courage à deux mains, et je vais me rendre, tout bonnement, dans une clinique médicale, consulter un médecin. Ma peur. En ce moment, j'ai un peu moins peur. Irais-je aujourd'hui? Qu'est-ce que ces garagistes vont me trouver? Les reins? Le foie? Le cœur? Les poumons? On va examiner le bonhomme, ses déceptions, ses espoirs, ses projets, ses échecs? Non, l'examinateur ne verra pas les cicatrices pour les anciennes blessures. Il faudrait que l'examinateur puisse lire tout ceci. Ceci, ci-haut. L'examinateur me fera rapport. Séjour au garage? On insulte l'artiste. «Tu es venu trop tard. On a ouvert, on a regardé, on a refermé. C'est trop avancé!» Comme papa! Je dirai : «Il y a le cœur. Si vous pouvez me l'ajuster que je puisse tolérer encore un peu le monde actuel!» Non, je ne dirai rien. Rachel viendra au garage avec des fleurs et du chocolat. Comme pour papa? J'aurai soif? Rachel? Cette femme est folle de moi, ai-je dis à la photo de papa. Encore hier midi. «Et je suis fou d'elle, papa.» Je regarderai donc le savant examinateur bien en face, et je lui dirai ceci : «Le cœur hein? C'est certain. C'est qu'il a reçu des coups, docteur, et je ne pleurais pas. Des coups durs. Je ne pleurais jamais, plus jeune, mais, j'ai ri aussi, souvent, trop peut-être. Aux mauvais moments sans doute. «Mon nom est Tête heureuse, docteur.»

Et, savez-vous hier, j'ai rouvert l'album suspendu. Il y aura beaucoup de bleu, un peu de jaune, et le moins de mots possible.

30 janvier 1993
30 janvier 1994

Fin

Achevé d'imprimer
en février 1994 sur les presses
des Ateliers Graphiques Marc Veilleux Inc.
Cap-Saint-Ignace, (Québec).